Vous les autres

DU MÊME AUTEUR

chez le même éditeur

Le Livre de Jim-Courage, 1986 (#formatpoche 2021)
Prince et Léonardours, 1987
L'Homme qui vomit, 1988
Le Cœur de To, 1994
Champion du monde, 1994
Merci, 1996
Les Apeurés, 1998
Le Procès de Jean-Marie Le Pen, 1998
Chez qui habitons-nous ?, 2000
La Littérature, 2001
Lâcheté d'Air France, 2002
Je vous écris, *récits critiques*, 2004
Ma catastrophe adorée, 2004
Ceux qui tiennent debout, 2006
Mon cœur tout seul ne suffit pas, 2008
En enfance, 2009
Ce qu'aimer veut dire, Prix Médicis, 2011
Une vie pornographique, 2013
Les hommes tremblent, 2014
Jours de *Libération*, 2015
Je ne me souviens pas, 2016
Rages de chêne, rages de roseau, 2018
Moi, qui que je sois, 2020
Hervelino, 2021

aux éditions de Minuit

Nos plaisirs, Pierre-Sébastien Heudaux, 1983
Je t'aime, *récits critiques*, 1993

Mathieu Lindon

Vous les autres

P.O.L
33, rue Saint-André-des-Arts, Paris 6^e^

ISBN : 978-2-8180-5394-2
www.pol-editeur.com

Vous êtes trop bêtes, vous les cons. Vous avez vos idées préconçues et impossible de vous en faire démordre, si on appelle ça idées. Vos petites cases préfabriquées et il faut qu'on entre dedans pour que vous vous couchiez devoir accompli. Et tant pis si vous devez pousser par-ci et tirer par-là pour que ça y tienne, dans vos sales cases imbéciles, pourvu qu'à l'arrivée vous soyez fichus de fermer la cage. Il ne faudrait pas qu'on vous déstabilise vos vies de merde. Vous en êtes tellement fiers, de vos vies de merde, qu'au moindre individu qui vous demande comment on peut survivre là-dedans, si ça ne sent pas trop fort, vous seriez favorables à l'amputation du nez et de la langue. On ne vous a pas expliqué que vous étiez des cons, alors ça vous est une gloire d'être ce que vous êtes. Je vous connais, je suis tout écorché d'avoir échappé à vos griffes. Quelle rigolade de contempler cet océan de connerie depuis ma petite île, du haut du phare que je m'y suis bâti avec mon caractère et mon intelligence et ma vie à moi. Mes pensées à moi, si ça vous dit quelque chose pensée et si ça vous dit quelque chose à moi. Parce qu'à vous, vous n'avez rien que votre connerie proliférante et c'est votre fierté qu'elle n'en finisse pas d'augmenter et votre vanité en proportion tellement vous ne comprenez rien qu'à la connerie, elle vous parle tant qu'on dirait que vous avez la ligne directe, les cons parlent aux cons et c'est à qui sera le plus bavard. Vous êtes soulagés de ne pas être qui je suis, protégés dans votre forteresse de banalités, émerveillés de votre courage quand vous mettez un pied devant l'autre, soudain ça vous fouette le cerveau mais prudence, ne pas aller trop vite de crainte qu'une idée ne vous survienne en douce, quoi que ce soit qui vous obligerait à vous déporter du troupeau, un pas de côté et on ne sait plus où on est et savoir où on est à chaque instant, c'est le privilège des cons. Haro sur les détraqués, ceux qui ne sont pas des cons et bien forcés de tracer leur route en marge, bien forcés et bien contents, vous n'êtes pas un exemple si exaltant. Les cons qui n'en ont jamais assez, comme si un petit village résistait encore et toujours à l'envahisseur et qu'il fallait que la connerie règne partout, le moindre arpent préservé une menace pour l'humanité.

Cette organisation, mais mon dieu cette organisation, n'importe quoi assemblé au hasard tiendrait mieux sur ses pattes. On dirait un type qui n'a jamais tué personne se penchant sur le cas d'un tueur en série avec l'ambition de tout expliquer. Cette manière des juges de juger, comme s'ils étaient grimpés sur des échasses au-dessus de la morale d'où d'un coup ils tombaient tels les personnages de Proust juchés sur leurs années. Parlez-moi de l'expérience des magistrats, ils ne connaissent rien que leurs lois desquelles ils ne démordront pas sauf en cas d'opinion publique à satisfaire. Ils n'ont l'expérience que de condamner et condamner, pour un non-lieu et un acquittement à l'occasion afin de montrer que les dés ne sont pas pipés, encore que c'est souvent là qu'ils les pipent le mieux, quand du beau monde s'est fourvoyé jusqu'à eux. Il faudrait qu'ils commencent par respecter le crime avant de s'en prendre au criminel, si c'est pour condamner avant et après il n'y a pas besoin de procès. Cette idée de la justice, on devrait demander aux prisonniers ce qu'ils en pensent. Crois-tu donc que je n'aie plus d'orgueil parce que je n'ai plus de honte. Ah, Lorenzo, Lorenzaccio. Cette idée de la révolution, comme s'il fallait absolument séparer les politiques et les droits communs, qu'il n'y ait pas de révolution de droit commun. Les gens sont ce qu'ils sont – et ce serait un plaidoyer plus qu'un réquisitoire, un laissez-passer pour se pavaner dans son altérité de con avec un cynisme innocent.

La lutte contre la connerie est-elle réservée à une élite dont je suis exclu ? Ou obéit-elle à des règles si strictes qu'il m'est interdit de faire preuve d'initiative ? On flanque des voleurs en prison, pourquoi ne bafferait-on pas des cons ? Les agresser, ça ne relève pas de la légitime défense ? Si les cons ont un droit de bavardage ininterrompu, c'est le code pénal qu'il faut récrire dans les grandes largeurs, ce à quoi je suis d'ailleurs favorable. On fait parfois mine de combattre je ne sais quel communautarisme au nom de la république ou de l'égalité, il ne faudrait pas que la secte des assassins ou des étrangers ou des déviants prétend faire la police. Mais personne ne dénie ce droit aux cons, de vivre ensemble, d'édicter ce qu'ils veulent au sein de la nation, d'y accueillir au nom de leur fraternité ou sororité n'importe quel con qui fait allégeance à leurs valeurs. Je les connais, leurs valeurs : connerie sur toute la ligne et bonne conscience en surplomb. Relève-t-on du terrorisme parce qu'on combat la connerie ? Attente-t-on à la société quand c'est de l'intelligence qu'on fait une valeur ? Doit-on être puni parce que la résistance de ses nerfs et de son cerveau n'est pas infinie ? Dans un procès équitable, ne peut-on pas compter sur l'intelligence de ses juges ? Déjà qu'on ne les a pas choisis, si en plus ils ont le droit de ne rien comprendre. Ces façons de mener ce qu'ils appellent les débats avec l'opinion publique dans leur poche, toujours prête à mettre son épée dans la balance pour que le plus faible s'affaiblisse et que le plus fort se renforce et qu'ainsi malheur aux vaincus et que ce qu'ils nomment justice soit faite et refaite. Vous niez et c'est un reproche supplémentaire, comme s'il n'y avait pire crime que de ne pas l'avoir commis. Vous avouez et vous êtes un monstre d'en plus vous vanter de ces actes abominables, comme si un crime qui s'était révélé hors de leurs compétences personnelles méritait une sanction d'autant plus forte, qu'ils vous condamnaient par jalousie. Le tribunal nie la souffrance des victimes : parce qu'on explose face à une agression de conneries, on se retrouve jugé par des cons.

Il faudrait leur pardonner parce qu'ils ne savent pas qui ils sont. Mais ils savent qu'ils sont les maîtres et c'est impardonnable. Leur stratégie : c'est plus con d'être le condamné que le condamneur. Ils imposent leur organisation par la force, tous les raisonnements du monde s'y briseront contre un mur. Ils ont beau dénoncer le lynchage, c'est ce dont leurs prisons sont pleines, de lynchés auxquels on passe la corde au cou en leur laissant un peu de jeu pour qu'ils ne s'étranglent qu'à la longue, au fil des années, par un vieillissement qui devient l'unique responsable comme s'ils étaient venus au monde avec une laisse et une vie plus brève l'apanage de ces mal-nés. Soi-disant, ils essaient de comprendre : mais pourquoi avez-vous fait ça? dans quel état d'esprit? d'où venez-vous, de quelle famille, quel milieu, quel système de pensée? Je viens d'un monde où on ne supporte pas les cons, où le courage n'est pas une malformation, où il n'y a pas à tâcher d'en éteindre chaque manifestation. D'un monde où vous n'aurez jamais votre place à moins de vous transformer de fond en comble ou de vous soumettre, ce qui ne serait pas une transformation d'envergure pour vous qui avez tété la soumission dès la naissance et qu'on n'a jamais sevrés. Vous nous jouez le coup de l'adolescence, parfois, la révolte, mais si vite jugulée qu'elle n'a été là que pour qu'on ne puisse pas vous reprocher de ne pas l'avoir connue, comme si vous aviez fait le tour de la question, étudié en un instant l'originalité, le courage et l'intelligence et qu'en définitive banalité, lâcheté et connerie étaient ce qui convenait le mieux, non seulement à vous mais à l'humanité entière et gare à ceux qui émettraient la moindre esquisse de soupçon de murmure contraire. Qu'on ne vienne pas me parler des prétendus révolutionnaires qui n'ont le plus souvent l'ambition que de remplacer une connerie par une autre, remue-ménage chez les cons, ce qui fait de l'air nouveau mais les cons seront omniprésents quelles que soient les idées qu'ils défendent, les idées ou les valeurs, tout se vaut dans ce galvaudage systématique du vocabulaire.

La connerie n'est pas seulement imposée d'en haut et d'en bas et de l'extérieur, elle est *sui generis*. C'est un don dont chacun prend le plus grand soin, pensez donc, le ciment de la vie. À qui parlerais-je si je ne devais parler qu'à des égaux? Ou les choses à l'envers : et si c'était moi le con? Ç'aurait été tellement intelligent, n'est-ce pas? d'aimer mon papa et ma maman et le monde tel qu'il est et n'importe lequel de ses individus, de ne pas avoir des nerfs affûtés, de me boucher sept fois les oreilles avant d'être exaspéré et de me tordre les mains entre elles plutôt que le moindre cou avec, mes pauvres mains qui ne demandent qu'à caresser autrui sans qu'on me facilite cet usage. Guerre aux cons : un donquichottisme mal placé. Ils savent ce qu'ils font quand ils vous torturent avec bienveillance – cette bienveillance le plus insupportable –, quand ça ne tiendrait qu'à soi parce que de leur côté ils ne demandent pas mieux que d'éloigner le couteau, desserrer la corde, vous ouvrir la porte. Quelle horreur la peine de mort quand le suicide est si commode, pourquoi se salir les mains ? Ces cons qui se renforcent de rencontrer d'autres cons et d'avoir des conversations de cons avec des jugements de cons et des espoirs et des regrets de cons pour bâtir un monde encore plus con. Il n'y a plus d'âge de raison mais un âge de connerie et félicitations à qui l'atteindra avant l'âge, occasion d'une grande fête de quartier qu'on retransmettra sur Internet afin que les cons éloignés ne soient pas désavantagés par rapport aux cons de proximité. Mon père était con, ma mère était conne, est-ce ma connerie d'être né dans une pareille famille? Si je n'aimais pas ça, aurais-je dû me faire adopter ailleurs ?

S'il faut agir contre la connerie, je comprends leur principe de précaution, qu'ils se mobilisent, les cons qui vous gouvernent et ceux qui sont gouvernés, les cons et les connes de tout sexe et toute obédience, cons en tous genres. Je comprends leur union internationale, on est plus fort à dix milliards de cons qu'à un con tout seul, plus fort et plus lâche et plus con. Même le plus consciencieux tueur en série n'arriverait pas à grand-chose fût-ce en opérant cent ans avant de tomber dans les geôles de la connerie, cette hydre à milliards de têtes repoussant, croissant et se multipliant sans cesse. Si c'est moi le con, pourquoi ne pas me traiter comme l'un des vôtres ? Mon père et ma mère, les cons incontestés, j'aimerais qu'on vérifie leur ADN. Les chattes ne font pas des chiennes, quoique Mendel a expliqué ça, que dans une tribu de cons il peut y avoir un mouton noir, pauvre petit canard d'intelligent qui doit apprendre à être lâche et ne rien comprendre parce que ça ne lui a pas été donné d'office et à qui on fera pour le coup comprendre son malheur s'il ne retient pas sa leçon en vitesse. Ma famille, même chez les cons ils n'avaient pas le niveau. Enconnés de naissance, le système n'a fait qu'ajouter quelques couches.

Il paraît que je comprends de travers, ce qui est à mon honneur si les cons ont la mainmise sur les interprétations correctes. Que la connerie se fasse admirer dans toutes ses splendeurs quand elle s'adresse aux cons, à la rigueur. Mais sinon c'est de la cruauté pure et simple. Je dis cons et lâches mais salauds serait plus juste, ce cumul propre aux cons qui n'en ont jamais assez. On ne laisse plus personne dire Mort aux cons parce que l'idée est ancrée que ça signifie crime de masse, alerte rouge sur la race humaine. La connerie comme un virus avec qui tout le monde a été en contact sans intelligence de protection. Pénurie d'intelligence, il faut croire qu'elle a été réquisitionnée ailleurs. Si vous voulez en mettre un peu là-dedans, vous êtes un assassin puisque ça tombera comme des mouches ou des dominos dès que les faux-semblants disparaîtront et qu'ils se retrouveront nus avec leur connerie comme feuille de vigne qui n'est pas à l'honneur de la pudeur. Mais l'indécence est de marcher à son aise quand on est encombré de sa connerie et celle des autres, comme si la connerie était la moindre des choses à faire respecter, qu'il n'y avait que ceux qui n'avaient pas été fichus de l'atteindre à la considérer comme un handicap, trop verte et apanage de goujats. Comme s'il n'y avait pas plus intelligent que d'être con, retournement de toutes les valeurs, nietzschéens de mes deux. On discrimine les pas cons : vous avez voulu être intelligent? eh bien il va falloir en payer le prix. On va vous flanquer entre les mains de cons aux pleins pouvoirs et on va examiner à quoi elle vous sera utile, votre intelligence. On va examiner comment vous allez les convertir, entrer dans leurs cerveaux de merde pour en décortiquer le fonctionnement et vous le fourrer dans la poche. On va examiner si vous êtes toujours volontaire pour l'intelligence quand les salauds seront chargés de vous la massacrer, ça fera moins de victimes si c'est dans ce sens que le carnage a lieu. Ces cons qui sont de vivants outrages publics à la pudeur dès qu'ils ouvrent la bouche, qu'ils montrent leur gueule, bouches de cons, gueules de cons, corps de cons. Le bromure et autres sulfates peuvent aller se rhabiller, il suffit qu'on voie votre gueule ou qu'on entende ce qui en sort pour vous les couper, les envies de jouissance et jusqu'à celles de perversions. Et pendant ce temps ils ne comprennent pas qu'on leur veuille du mal. On ne leur souhaite pas de mal, on veut leur extinction, qu'ils rentrent en eux-mêmes et que la Terre s'ouvre pour les engloutir, qu'ils retournent d'où ils viennent, dans on ne sait quelles entrailles abominables. Non que j'aie été conçu dans un utérus de prix Nobel avec des spermatozoïdes extra-fins mais je ne me suis pas laissé faire par la génétique.

Ceux-là, les autres, dont je ne suis pas. Ceux qui s'accommodent de leur vie quand ils ne s'en félicitent pas. Ça doit pourtant leur traverser l'esprit fût-ce à la vitesse de l'éclair qu'ils auraient pu avoir plus et mieux, un peu de courage, un peu d'intelligence, ça doit les tarauder, depuis le temps qu'ils en entendent parler. Ça doit exciter leur curiosité. Des êtres de chair et d'os qui n'auraient pas peur à chaque instant, ne se tromperaient pas à chaque instant, respecteraient le courage et l'intelligence pour de vrai, se demanderaient si ça ne vaut pas le coup d'avoir un contact personnel avec. C'est ça, l'humanité, cette clique où on fourre dans le même sac les cons et les intelligents, les lâches et les courageux, les étriqués et les grandioses, ce méli-mélo où certains se croient tenus de faire la leçon aux autres, mais qu'est-ce qui vous répugne dans la connerie et la lâcheté et l'étriqué? mais pour qui vous prenez-vous? les gens comme vous, les prisons en sont pleines, sans compter les asiles. C'est ça, caressez le monde dans le sens du poil s'il n'y a pas mieux qu'un poil pour vous exciter, toujours le même, et quand à force d'être caressé il disparaît, vous vous retrouvez comme les cons que vous avez toujours été sans rien à caresser avant de vous précipiter vers un autre poil espéré plus résistant. J'imagine que vous vous rattrapez en imagination, il faut bien que le couvercle déborde, ça ne peut pas bouillir indéfiniment dans cette macédoine de merde que vous appelez votre cerveau et vos fantasmes.

Les enfants battus n'ont pas droit à la légitime défense? Même s'ils attendent l'âge adulte pour la pratiquer, même s'ils ont surtout été battus par les flots de votre inintelligence radicale? Je me répète? Avez-vous la moindre idée du ressassement éternel de votre connerie qui est comme le trajet de la flèche de Zénon, on la divise en fragments de connerie et chaque fragment en un autre et on parvient à l'infini, sauf que là pour de vrai, la flèche n'atteint pas son but, la connerie tonneau des Danaïdes pour le coup à pleurer, quelle que soit celle qu'on reçoit il en restera toujours à déverser. Vous ne créez pas un fonds pour indemniser les gamins élevés en dépit du bon sens ou dans des conditions misérables, avec une prime pour les cumulards ? Vous n'avez rien de mieux à faire que de vous en prendre à moi parce que j'ai l'audace et l'honnêteté et l'intelligence de m'en prendre à vous ? Vous ne pouvez pas avoir à la fois l'exclusivité du droit à l'agression et à la légitime défense. Vengeance, tel est ce que vous appelez légitime défense lorsque vous en êtes les bénéficiaires, ce que vous définissez ainsi dans l'intimité de votre cervelle où personne n'oserait jeter un œil que quelques physiciens curieux du vide. J'ai été et suis torturé par votre cruauté que vous n'imaginez même pas car l'imagination n'est pas de votre monde, vous seriez tous suicidés si la petite graine d'invention était en vous pour vous faire saisir que ça pourrait se passer autrement, la vie pas ontologiquement un désastre et votre responsabilité engagée. La cruauté, voilà votre ligne, la cruauté tellement perpétuelle qu'elle en perdrait son nom, que vous maquillez en attention de chaque instant. Elle y est, l'attention de chaque instant, pour être sûr que personne n'en réchappe, que votre inaccessible bonheur de merde qui devrait réchauffer le cœur comme un horizon onirique, que votre construction d'un bonheur lamentable demeure une ambition indépassable. Il n'y a pas à aller plus loin, dans cette direction on n'a que trop marché, mais ailleurs, de l'autre côté à la Thomas Bernhard, dans le sens et le camp opposés, loin de vous et des vôtres, de votre planète telle que vous l'avez socialisée et désocialisée et massacrée sous tous les angles, avec votre pollution propre, celle de votre présence, cette planète conquise pour le plaisir de la saloper. Que seriez-vous si vous n'étiez pas cruels ? Et vous avez tellement envie de devenir ce que vous êtes comme si l'existence vous était due, nietzschéens de merde encore une fois, que vous perfectionner dans la cruauté vous est une nécessité éthique. Et dans cette généalogie-là de votre morale, qui est cruel ? Celui qui lève le petit doigt pour échapper à un de vos supplices. Parfois, je manque d'imagination pour échafauder des tortures qui ne vous soient pas trop douces.

Traînez dans vos vies comme dans un mauvais lieu, un exécrable. Faites les minables choses que vous souhaitez si elles sont l'astre qui éclaire vos existences de taupes creusant sans cesse pour parvenir plus bas – comme taupes, vous faites l'affaire, comme spéléologues de vos vies. Suicidez-vous et torturez-vous autant de fois que vous voudrez mais ne m'obligez pas à en faire autant. À vous entendre, vous n'avez tué personne. Rétréci des intelligences et des ambitions, vous ne le nierez pas. Mais tué personne, voyez-vous ça, les morts seraient morts de leur propre volonté, tous ces abandonnés de la vie, ceux qui n'ont pas su trouver leur voie dans l'impasse où vous les cantonniez, où tellement se plaisent que c'est la faute à ceux-là s'ils ne s'y sont pas plu. Interdit de vous tuer : c'est ce que vous avez trouvé pour rester vivants, la répression pure et simple. Parce que s'il fallait faire appel à une morale qui ne soit pas juste mue par votre intérêt, qui n'élève pas au rang de prémisses ce qui n'est que la conclusion que vous vous promettez, s'il fallait la justifier, l'interdiction de vous tuer, autrement que par le fait que ce n'est pas autorisé, que ça ne se fait pas, en tout cas ça ne devrait pas, alors vous demeureriez les bras ballants et les pensées pendantes, par pensées je veux dire les productions de votre cerveau en grève générale depuis le premier jour. C'est tout à fait possible de vous tuer, vous étrangler parce que vous n'avez pas le larynx plus solide que n'importe qui, vous couper la tête parce que votre cou semble fait pour la guillotine, vous tirer une balle dans la tempe parce que dans le cœur on risquerait de ne pas arriver à viser assez juste vu ce que doit être la taille de cet organe à en juger par les effets qu'il produit sur la population, l'absence de générosité que peut constater qui n'entre pas dans vos règles et pose son grain de poivre empoisonné dans l'indigente plâtrée que vous ne cessez de me concocter comme organisation du monde. À croire que le dégoût que vous suscitez ne vous coupe pas l'appétit, tellement cons que même les sensations n'arrivent pas jusqu'à vous, même vomir réclame un soupçon d'intelligence et vous épargne donc.

Armés de cette déclaration, vous allez me la jouer ironique, me féliciter pour ma prétendue intelligence me permettant de vivre dans le dégueulis tandis que votre prétendue imbécillité vous en éloignerait quoi que vous mangiez, quoi que vous fassiez, quoi dont vous vous goinfriez. Mais il n'y a que la connerie dont vous vous goinfrez, et si jamais vous vous aventurez à me rétorquer, je vous attends de pied ferme, si jamais vous prétendez vous élever jusqu'à une discussion d'égal à égal et non avec la police et la justice en tenue de commandos à vos côtés. On dirait que vous êtes contents d'être des milliers, des millions, des milliards, c'est un succès pour vous et ceux qui n'arrivent pas à semblable résultat sont des aigris que vous contemplez du haut de votre haine maquillée en pitié, votre haine de nains puisqu'à tant de milliards vous n'arrivez pas à en fournir une ayant l'envergure de la mienne, qui ait le courage de se déployer comme la mienne, votre haine étriquée qui ne peut s'exprimer qu'en secret comme si ce serait attenter à vos fondamentaux de reconnaître que c'est elle qui vous fait avancer et que, comme vous vous escrimez fût-ce en vain à la dominer, cette haine de seconde zone, ça explique que vous avanciez si lentement et si peu, que tourner en rond soit pour vous un trajet merveilleux, vous savez où vous allez et la route n'est pas trop aventureuse.

Ça vous plaît, la condition humaine ? Toute cette merde, vous nagez dans votre élément. Je la trouve minable. Même pas ce qu'on en fait, juste comme elle s'impose à soi, devrait être l'alpha et l'oméga de toute existence. La condition humaine, je veux bien que ce soit la vôtre, mais pas de qui lutte contre elle. Donquichottisme encore ? C'est sûr qu'il n'y a rien de mieux pour vous que de vous la jouer Sancho Pança, rien plus à la hauteur de vos capacités. Un Sancho Pança sans humour ni excentricité ni auteur, car Cervantès n'aurait pas perdu une seconde de sa vie à vous écrire, ramassis de conditionnés humains, espèce de masse fusionnée, gros tas d'individus découpés par unités mais ne formant qu'un seul corps, un seul cerveau qu'on n'a pas pris la peine de ravitailler. La condition humaine, voilà l'ennemi, et comment combattre si vous n'avez même pas le courage de désigner votre adversaire. Ce n'est pas l'autre, ou celui-ci, ou celle-là, pas vos maris qui vous trompent ou vos femmes qui vous méprisent ou vos enfants aspirant à un monde dont vous seriez exclus, parce que la tromperie, le mépris et l'espoir d'un monde sans vous sont tellement collés à vous que vous ne pouvez pas vous en débarrasser sans vous débarrasser de vous-mêmes. Je vous recommande d'essayer, pour qu'à la fin ce soit moi qui sois débarrassé de vous et de la tromperie, du mépris et de l'exclusion que vous faites proliférer sur cette Terre tels des lapins gavés de Viagra.

Que la condition humaine soit bâtie contre l'humanité, c'est tellement l'évidence que même à vous ça devrait sauter aux yeux si vos yeux n'avaient subi semblable sort que votre cervelle, on ne vous en a pas donné le mode d'emploi si par extraordinaire on vous a fourni l'instrument. Ça ne pue pas la merde, la condition humaine? On commence entre les mains de gens qu'on n'a pas choisis et qui ont leurs idées sur ce qui est bon pour vous lorsque ça ne leur indiffère pas, puis on se retrouve dans un monde préfabriqué où le mieux à faire est trouver sa place même si on n'en veut pas car il n'y a pas de place pour qui n'est pas à sa place, pas le moindre petit espace, juste un toboggan pour l'échafaud quelle que soit la forme que prenne la guillotinade, et vous voilà vieux et incapables, à la merci de n'importe qui vous prodiguant ce que vous en êtes réduits à appeler des soins pour que le supplice dure, que l'angoisse se prolonge, l'attente de la mort prétendue inévitable, telle est la condition humaine qui ne se différencie guère en cela de celle des porcs ou des mammouths, si ce n'est que pour les mammouths on y a mis un terme et pour les porcs l'abattage est organisé différemment. Tout est bon chez le cochon et chez vous tout est détestable, il faut être affamé dans des proportions effrayantes, coupé de toute source d'approvisionnement, pour que n'importe quel être équilibré mette les dents sur vos corps exécrables. C'est vous, la condition humaine, alors comment ne pas la prendre en grippe ? Votre défense est de ne pas avoir le pouvoir d'agir autrement, mais pourquoi vouloir mener le monde s'il ne s'agit que de le laisser suivre sa pente ? Si c'est vous la condition à l'humanité, basta l'humanité.

Votre solidarité, c'est se solidariser contre moi, alors j'attache peu de prix à cette valeur que vous mettez si haut en théorie, car dans les faits ce serrage de coudes consiste à rassembler ceux qui se trouvent les plus forts dès qu'ils sont réunis comme des encordés qui couperont la corde si leur sécurité en dépend. La survie du groupe plus importante que celle de n'importe quel individu quel que soit le nombre des individus et la misère intellectuelle et morale du groupe, telle est votre solidarité. Moi, je suis seul. Mais vous aussi, chacun d'entre vous. Pourquoi vous effaceriez-vous dans cette totalité lamentable si vous n'aviez pas le sentiment de votre solitude et de votre lamentabilité, si vous ne parveniez pas à l'éteindre malgré l'ablation de votre cervelle, si des sensations arrivaient jusqu'à vous malgré votre connerie et ce que j'ai dit parce que vous êtes tellement cons qu'il y a un milliard d'angles sous lesquels explorer votre connerie et qu'elle ne donne le même spectacle sous aucun d'eux tout en suscitant la même solution : s'en débarrasser. Se débarrasser de toutes les conneries du monde pour que le monde soit délivré et que l'intelligence règne en maîtresse et que le courage soit reconnu pour ce qu'il est et qu'on élève au pinacle qui on se plaît aujourd'hui à piétiner dans les bas-fonds de l'injustice dénommée justice.

Avoir affaire à vous est un supplice, rien qu'en tant qu'égaux, passants qu'on croise, clients dans la même file d'attente, avec vos gueules de cons, vos bras de cons et vos achats de cons. Vos gueules de merde, vos enfants de merde, vos existences de merde. Vos voix, vos vêtements, vos expressions. Vos épaules, vos démarches de merde. Vos cheveux de merde quand vous en avez encore, mais solidarisez-vous donc pour vous les passer de l'un à l'autre, pour être égaux jusqu'à vos crânes de merde. Solidarisez-vous puisque vous êtes en péril, vous êtes des milliards et soudain surgit un opposant. Et s'il allait mettre à bas votre système dans lequel vous avez si peu confiance, au fond, qu'en effet la moindre voix discordante vous transperce les oreilles pour devenir la vérité avec l'évidence de la vérité quand on est réfugié dans le mensonge depuis tant d'éternités que c'est par lassitude ou curiosité plus que par sens moral qu'on risque soudain de lui être accessible. Enfin, discordante. Si surgit la moindre voix en harmonie avec ce que devraient être l'existence et cette planète au milieu de cet océan de discordances qui couvre la surface de la Terre et des océans et jusque des bas-fonds qui sont votre repaire le plus approprié, une voix aussi harmonique que celle du petit joueur de flûte de Hamelin que vous devriez suivre comme des rats jusqu'à ce qu'elle vous précipite là d'où vous n'auriez jamais dû sortir, dans les entrailles de l'inexistence, dans ce bûcher permanent au centre de la Terre, masse en fusion pour le coup, comme au cœur d'un volcan en éruption où vous rencontrerez enfin le feu qui purifie de la connerie et de la lâcheté et de tous les manquements dont vous êtes coupables depuis le premier jour du monde. Car on peut être coupable, je ne me repais pas d'un relativisme bon marché. Coupable, c'est Celui qui le dit qui y est à l'échelle adulte, qu'on vous fasse payer vos jugements, qu'on vous marque au fer rouge au centuple, vous tous qui en faites partie, du misérable monde qui ne va pas tarder à rencontrer son dernier jour, et si j'étais un météorite géant je viendrais m'écraser contre votre planète pour la sauvegarde du système solaire et de son éthique, pour le big-bang originel de l'univers tel qu'il devrait être et sera si le monde ne met pas son déshonneur à m'entraver.

Vous craignez que je vous ensevelisse sous mon vomi, vous et votre planète, que mon dégoût si justifié devienne une source inépuisable de dégueulis qui se déverse sur vous tant que vous et votre immonde univers n'aurez pas changé. Vous craignez de vous noyer dans ma gerbe qui aurait en elle une pureté qui est comme l'ail pour les vampires que vous êtes, comme si le dégueulis avait un poids moral alors que la merde dans laquelle vous baignez sans risque d'asphyxie serait une valeur en soi, votre valeur exactement, la merde que vous croyez produire alors qu'elle vous produit à son image, une amie comme vous n'en avez pas de meilleure, votre trace sur cette Terre. La pureté que vous ne supportez pas et au nom de quoi vous n'hésitez pas à mettre hors d'état de purifier qui s'avance pour améliorer le monde. Il faut qu'on vous tue pour que vous commenciez à vivre, ce doit être navrant à votre point de vue mais ce n'est pas moi qui ai organisé ce paradoxe et cette perspective vous effraie tant, vivre, commencer, que soudain même être tué devient un futur terrifiant alors que c'est ce que vous faites le mieux, être tué, c'est à quoi se passent vos existences depuis toutes vos générations, comme si vous aviez été conçus en laboratoire et qu'il y avait eu un lézard dans la formule, un virus dans le tube, comme si tous et chacun étiez un dégât collatéral. On envisageait de créer l'humanité, un projet ambitieux, et on ne sait comment vous vous êtes trouvés embringués là-dedans, avec votre merde et votre connerie, et vous avez pris le contrôle du processus. On peut vous faire confiance pour le perdre, cons et merdes que vous êtes, mais ce sera après avoir tant ravagé le produit originel qu'il sera compliqué à réparer sans être marqué à jamais de vos infâmes pattes de grosses merdes et de gros cons. Et c'est moi qui serais grossier parce que la vérité n'est jamais bonne à dire, parce qu'il n'y a pire con que celui qui ne veut pas être con ainsi que vous lancez comme flèche du Parthe. Il n'y a pires cons que vous, point barre, lâchez-moi avec vos arguments qui n'en sont qu'entre vous, dans votre univers circonscrit d'où rien ne dépasse et surtout pas une lueur d'intelligence. Vous noyer sous mon vomi : perspective apaisante parce qu'après il me monterait plus rarement aux lèvres, mon dégueulis auquel je suis le premier à souhaiter une part moins prépondérante dans mon existence, qui aurait fait le job une fois qu'il vous aurait submergés et n'aspirerait plus qu'à rester tranquille au fond de mon estomac libéré.

Pour supporter le mépris, vous êtes des surhommes. Claques, crachats, coups sur la gueule et coups de pied au cul sont ce que vous avez élevé au nom d'existence, ça vous manquerait si on vous en privait. Mais habituellement vous respectez plus les expéditeurs puisque je ne m'avance pas avec un certificat tamponné par la bonne conscience universelle afin de dire que j'ai les compétences sociales et autres pour vous taper dessus jusqu'à ce que vous filiez droit, c'est-à-dire de travers, comme des cons. Je nc m'avance pas doté d'un prestige usurpé par je ne sais quelles richesses matérielle ou morale acquises au prix de je ne sais quelles bassesses. Je viens débarrasser la planète de ces nuisibles, ces moustiques que vous êtes et qui n'ont d'autre utilité qu'empêcher le monde de ne pas dormir, se nourrissant du sang des sales braves gens pour continuer une vie sans but, sans idée ni sens, et qui ne durera pas même si personne ne se mêlait de la raccourcir. Vous n'êtes pas honteux d'être vivants alors que tant sont morts dont vous n'étiez pas dignes de baiser un poil de cul, vous qui persistez dans cette existence malgré les preuves s'accumulant de vos inintérêt et inutilité, malgré votre inexistence, incrustés permanents, vous qui savez n'être rien et êtes prêts à tout sacrifier pour ce rien et le rien des autres quand vous avez bien verrouillé la chaîne de cette infâme solidarité. Vous qui vous mêlez parfois de l'amour, ce qu'il est et ce qu'il devrait être, même de l'amour des autres mais celui qui vous concerne déjà comme si par une malfaçon dans la confection de l'univers ça pouvait vous concerner, vous qui êtes tels que le sentiment de l'amour serait réduit en poussière si vous en étiez les dépositaires. À quoi bon avoir créé un truc de cette envergure-ci si c'est pour que des êtres de cette envergure-là y aient à voir, fût-ce de loin ? Même ma haine, vous ne la méritez pas. Elle s'abat sur quelque chose qui vous dépasse, sur votre union en un seul groupe, un seul concept, comme si cette planète n'avait pas la population qu'elle mérite, l'existence une chose trop sérieuse pour être confiée à des humains de votre connerie et votre lâcheté et la condition humaine une notion plus prometteuse avant qu'elle ne tombe entre vos mains. Vous ne la méritez pas mais je ne peux pas m'empêcher de vous la déverser, ma haine magnifique qui aurait droit à meilleures victimes. Qui se répandrait plus glorieusement si vous n'étiez pas là pour contaminer son flux. C'est vous flatter que vous appeler des cons et des lâches, vous êtes des ordures qui utilisez votre connerie et votre lâcheté pour mieux faire rayonner votre ordurerie. Mais ouvrez les yeux que je vous les crève.

Vous êtes moches. D'où qu'on regarde, quoi qu'on regarde, moches et pire, dégoûtants, repoussants. Votre mocheté extérieure, votre mocheté intérieure. Un microscope inutile pour voir vos affreuses cellules, elles ont la connerie de se montrer à l'œil nu. Votre connerie de moches, votre lâcheté de moches. Ça pue, dans votre environnement, et vous pullulez, pas étonnant que la planète soit dans cet état. Vous la polluez par votre existence ou inexistence, sans cesse à vous reproduire et à inventer des moyens afin qu'on n'ait plus à en passer par l'amour physique trop lourd à porter pour des êtres de votre horreur. Mais vous espérez exciter qui, sexuellement ? Toi qui as la même connerie et la même lâcheté et la même mocheté que moi et que rien ne pourra surpasser, viens, on va faire des trucs dégueulasses ensemble et il en naîtra de petites merveilles. Et les horreurs succèdent aux horreurs. Vous prétendez que mon vocabulaire ou mes idées, si tant est que vous ayez jamais pu dénicher une idée fût-ce chez un autre, que ce que vous appelez cette logorrhée évoque les pires heures de l'inhumanité à laquelle vous et vos piteux aïeux avez conduit le monde. Je vous rétorque en pleine face, avec un rire supérieur. Je m'attaque à vous pour le bien de l'humanité dont vous sabotez l'arrivée par votre course à l'inhumanité, cette humanité mythique censée vous caractériser et perpétuellement remise au surgissement d'un Godot auquel vous ne croyez plus. Moi, j'y crois, qu'on n'est pas condamné à vous, que le monde peut changer de base et que tombera du ciel un moment où vous percevrez ce que vous êtes et serez trop contents de jouer les moutons de Panurge dans le premier précipice venu puisque j'ai l'espoir qu'avec la clairvoyance vous viendra sinon le courage du moins le sentiment de l'indignité. Vous êtes tellement moches que seulement baisser les yeux sur vous est un acte généreux. Vous prendre en compte ne serait-ce que pour vous assassiner en masse, vous devriez remercier à genoux tout ami de l'humanité qui s'y humilierait. Si vous voyiez ma beauté intérieure, sans doute seriez-vous saisis de frayeur devant une telle splendeur. Si vous imaginiez l'ampleur de mon sacrifice, à me soucier de vous plutôt que de vous abandonner à votre vide, que de profiter de ma richesse intellectuelle et morale pour en aucun cas ne me mêler à aucun de vous, améliorer la planète sans vous emmener dans mes valises. Mais vous vous en défendez sinon vous vous verriez tels que vous êtes et ça, personne ne peut vous le souhaiter, la cruauté ne s'attache pas forcément à la haine.

À vous supprimer en masse on risquerait de faire des erreurs. Et Shakespeare ? Et Einstein ? Et ma pomme ? Aussi des nuls et des couilles molles ? Vous ambitionnez de me mettre face à mes supposées mégalomanie et contradictions. Qui n'a pas ses humeurs ? Je dois recharger mes accus et mes poignards et mitraillettes ainsi que mes éléments de langage, puisque même aux poignards et mitraillettes et bombes diverses vous ne comprenez rien sinon qu'ils ne devraient pas s'exprimer dans ce sens. Shakespeare et Einstein pour preuve qu'on ne peut pas mettre tous les humains dans le même sac. Mais vous n'êtes pas dans le même, vous êtes dans le sac infini des nuls et des couilles molles dont vous avez voulu m'exclure par ironie mais dont je me suis extrait à la force de mon poignet mental et intellectuel pour mieux vous écraser de ma supériorité dite dès lors criminelle. Shakespeare et Einstein que vous citez comme vous parleriez de la pluie et du beau temps, pour faire la conversation, assurés que le sujet ne prête pas à polémique. Vous ne savez rien de rien, bénis-oui-oui persuadés que tout est relatif et que le carré de l'hypoténuse ne dévie pas d'un iota de la somme des carrés de l'angle droit mais incapables d'avancer au débotté la moindre démonstration si on met en cause devant vous ces traditions. Et celle-ci à laquelle vous êtes attachés plus qu'à aucune autre, que des êtres comme vous ont droit à la vie, ça s'est toujours passé comme ça étant votre seul argument, vos parents qui étaient aussi pires que vous en ont profité alors pourquoi pas vous ? Mais quels droits vous donnent votre connerie et votre lâcheté à part celui du plus fort ? Et quand la force pour un instant en un lieu précis change de camp, voilà vos cris d'orfraie que des choses pareilles ne se font pas, la civilisation l'interdit qui serait tellement chère à vos cœurs ou vos cerveaux ou vos orteils, au moins ceux-ci ont une existence concrète. Entre ici, civilisation, avec ton cortège de connerie et de lâcheté – civilisation à votre échelle et votre image, gouvernement des cons par les cons pour les cons dont l'ambition première est de laisser au bord de la route, entre quatre planches ou quatre murs, les Shakespeare, Einstein et autres exceptions qui ne se reconnaissent pas dans ce programme, que vous n'avez aucun scrupule à tenir pour quantités négligeables puisque c'est ce qu'ils sont, des quantités négligeables par rapport à votre foisonnement exponentiel, vous qualités négligeables. Disparaissez de cette planète avant qu'on vous en pousse dehors, au moins par politesse, pour fournir un soupçon d'argument que vous êtes des êtres civilisés. Sacrifiez-vous pour la nouvelle condition humaine qui ne verra jamais le jour tant que vous serez là à lui mettre de la connerie, de la lâcheté et de la bassesse dans les roues.

Merci, si je dois être honnête. Merci pour la haine que vous suscitez, pour l'énergie que vous fournissez sans en avoir comme votre connerie et votre lâcheté donnent de l'intelligence et du courage. Jamais je ne me serais autant spécialisé dans ces domaines si vos nullités ne m'y avaient contraint. J'aurais pu vivre une existence de bon père de famille sans famille ni bonté particulière si je ne m'étais pas retrouvé assiégé par vous, cette infinité de vous à qui on ne peut pas échapper. Tous ces vous qui paradent et pérorent à chaque coin de rue et de micros-trottoirs et de débats à prétention intellectuelle ou sans autre prétention que de montrer ce que vous êtes comme un spectacle à même d'intéresser les populations à l'égal d'un miroir puisque c'est ce qu'elles sont, les populations, une accumulation indécente de vous, une espèce de chaudron de merde où vous allez déféquer et vomir avant de vous en nourrir, les babines en érection. Votre solidarité qui est celle d'étrons au fond de toilettes défectueuses espérant en chœur que n'arrivera jamais le réparateur permettant d'enfin tirer la chasse. Merci pour cette énergie qu'aucune cause n'aurait pu susciter que celle de vous combattre, celle de vous montrer non qui mais ce que vous êtes car, quels que soient les griefs contre cette condition humaine, prétendre qu'elle vous concerne est la rabaisser, comme si c'était en tant qu'humains que vous souilliez cette planète. Ce n'est pas ce que vous y faites qui crée cette ignoble pollution mais ce que vous y êtes. Vous vous croyez au-dessus de sacs en plastique ou de je ne sais quels gaz mais votre connerie et votre lâcheté sont des méfaits plus dramatiques que des milliards de tonnes de plastique et d'émanations diverses, au moins plastique et gaz auront comme effet à terme de vous interdire de continuer à la coloniser, cette pauvre planète où vous n'avez jamais été les bienvenus, où il faudrait susciter un déluge de merde pour vous y enfouir de manière profitable en tant qu'engrais quoique depuis des siècles vous prouvez que ce n'est pas ainsi qu'on viendra à bout de vous, vous y survivez sans un battement de cils, dans un déluge de merde qui est manifestement votre élément. Vous n'êtes pas dépourvus d'énergie puisque avec toutes vos incapacités vous parvenez à survivre, puisque armés de vos nullités de tous ordres vous parvenez à triompher, au moins provisoirement même si ce provisoire encombre les millénaires, puisque vous êtes là à vous partager le royaume des cons dans une royauté tournante comme une présidence de l'Union européenne. Et parfois vous faites la compétition sans esprit de compétition, à être cons pour la beauté du geste, sans espoir de détrôner qui que ce soit, par fidélité à vous-mêmes, pour qu'il ne soit pas dit qu'on a déniché un rebelle à l'esprit de connerie et de saloperie qui gouverne votre monde.

C'est moi que vous mettez à l'écart au lieu d'y passer vos vies, à l'écart, vos vies uniques infiniment répétées et méprisables qu'il faut avoir votre ignorance pour appeler vies. Vous m'empêchez de mener mon existence comme je l'entends pour mener les vôtres comme vous ne l'entendez pas, comme vous ne le voyez pas, ne le goûtez, ne le sentez ni ne le touchez pas, vos existences qui vous échappent de a à z ou plutôt de a à a vu le chemin que vous y parcourez, les idées que vous y acquérez et le courage que vous y montrez. Vos existences qui salissent les yeux quand on y jette un œil, qui empestent même à distance, vos existences excrémentielles qui vous semblent le plus haut degré de civilisation quand vous galvaudez le mot, forts de votre analphabétisme encyclopédique, en connaissances, en sentiments, en sensations. Vos existences exemplaires dans le sens inverse que vous imaginez si tant est que vous imaginiez plutôt que de vous laisser porter par le tsunami d'ignorance et de banalité qui vous entraîne à chaque seconde de vos non-existences, vos inexistences arrogantes qui en veulent toujours plus comme le désert n'en finit pas de s'étendre, attachées à éteindre toute forme de vie sur Terre. À quoi bon un tel univers si c'est pour l'utiliser comme un jet dernier cri dont vous n'auriez trouvé un usage qu'à l'allume-cigare ? et tant pis si la comparaison est en dessous de ce que je voudrais dire, et peut-être même à côté. Vous m'avez compris ou de toute façon ne m'avez pas compris puisque ne pas me comprendre est votre activité principale, mais moi je me suis compris alors rideau. La comparaison a beau ne pas être ça, elle l'est parce que vous ne méritez pas mieux. À quoi bon des arguments sophistiqués quand l'argument de base est que vous êtes là triomphants et que ça ne peut pas durer ? Contre vous, l'insulte est un plaisir disponible à volonté. Vous avez été créés pour être injuriés et vous en redemandez, à croire que pour vous aussi c'est une volupté sans égale. C'est là que vous donnez votre pleine mesure, dans cette capacité à recevoir l'humiliation et en réclamer encore, dans ce puits sans fond que vous êtes tant que c'est de l'ignominie qui vous revient, vous les premiers à arguer que vous y avez droit. Vous m'interdisez de vivre et vivre à ma place pourrait avoir une étincelle de légitimité si vous viviez mieux, si j'étais sacrifié pour que s'épanouisse la fameuse omelette en faveur de laquelle tant d'œufs ont été immolés. Mais elle pue à un million de kilomètres, votre omelette, il faut des siècles d'entraînement pour oser s'en approcher le nez bouché sans parler d'en porter la moindre fourchetée à sa bouche, sauf que vous avez si terrible appétit malgré le rassasiement que vous en voulez encore. Vous vous arrimez à vos tables jusqu'aux deuxième puis troisième services pour mieux vous en fourrer jusque-là, parce que rien n'est trop mauvais pour vous, rien n'est trop con, rien n'est trop lâche ni trop inhumain. Rien de ce qui est humain ne vous est familier, rien de ce qui est civilisé, sauf dans les acceptions que vous vous échinez à donner à ces termes en démentant les dictionnaires et les lexicographies de l'univers parce que vous êtes incapables de les étudier et que ce que vous ne connaissez pas n'existe pas, comme si la planète reposait sur vous et qu'il fallait donc qu'elle soit telle qu'elle est pour avoir une raison de vous accueillir en son pauvre sein.

Je ne suis pas là pour discutailler, essayer de vous convaincre ou de vous faire entrer l'intelligence dans la cervelle ou les orteils ou le trou du cul à coups d'arguments dont vous êtes incapables de saisir le principe, pour vous c'est comme ça et voilà tout. Eh bien, je vous déteste et voilà tout sauf que je vous hais également, et vous abhorre et vous exècre. C'est comme si l'horreur n'avait pas de représentants sur Terre, que le mot serait resté un mystère si vous n'aviez été créés dans votre affreuse totalité pour qu'horreur et terreur deviennent synonymes, celles d'avoir quoi que ce soit à voir avec vous – c'est à ne pas croire et vous vous échinez à m'imposer cette hypothèse folle comme une vérité indépassable. Qu'avons-nous en commun, moi qui vous abomine et vous qui n'arrêtez jamais de vous pomponner même moralement ? Je vous pisse à la raie, vous chie à la gueule, vous dégueule à pleine bouche, c'est ainsi que je conçois avec vous le bouche-à-bouche dont vous avez tant besoin, pour que vous ne manquiez pas de dégueulis, que vous ayez votre dose pour la journée puisque ces opérations sont à répéter quotidiennement même si je manque de matériau pour que chacun d'entre vous en profite personnellement, contraint d'en passer par le langage pour que vous vous sentiez tous atteints. Il faut croire que vos raies sont tellement accrochées à la pisse, vos gueules aux chiures, vos bouches à la gerbe qu'elles se sentiraient déboussolées si elles n'avaient pas leur paquet quotidien. La race humaine. Là, vous n'élevez aucune objection contre le concept de race, quand il s'agit d'enrôler ceux qui se targuent de ne pas en faire partie, de cette association de ratés prétentieux. Imaginez que je n'y tiens pas, à ce qu'on me pisse à la raie, me chie à la gueule et me vomisse dans la bouche. Imaginez que je la vois autrement, ma condition humaine à moi, ma condition personnelle, mon espace vital. Imaginez que vous m'asphyxiez par votre présence, votre existence dont vous êtes les seuls à supposer que l'évidence saute aux yeux. Vous les cons, vous le troupeau. Le seul motif pour accepter d'être votre berger serait d'avoir le droit de vous conduire à l'abattoir. Mais on ne m'a jamais proposé le poste. Vous en ricanez comme si j'aurais eu d'autres ambitions si j'avais eu d'autres réussites sans comprendre que nous ne nous entendrons jamais sur ces mots, le fait qu'ils aient leur place dans votre vocabulaire montrant leur inanité. Réussite, ambition, mais regardez-la, la race humaine. Si vous êtes si fiers d'avoir grimpé jusqu'à la Lune comme si c'était à votre talent personnel qu'on le devait, courez-y donc en masse pour que je vive sur Terre sans qu'aucun effluve intellectuel ni moral provenant de vous ne me parvienne. Elle pue, la race humaine. Mais reniflez-vous après que j'aurai effectué les opérations naturelles décrites plus haut, ma pisse, ma merde et mon dégueulis vous sont des parfums de prix, ce qui est justifié s'il y a autant de différence entre les miens et les vôtres qu'entre mon intelligence, mon courage, ma rigueur et mon honnêteté et les vôtres, si tant est que ces mots aient un sens pour vous. Serait-ce une stratégie, susciter mon dégoût pour en goûter les plaisirs collatéraux? J'ai déjà dit la difficulté à vous imaginer une stratégie, race de cons, troupeau de merdes. Peut-être que vous êtes ce que vous êtes juste parce que les insultes vous font bander quand elles viennent du fond du cœur et de l'intellect et atteignent leur cible avec une justesse aussi inattaquable. Alors bandez ce que vous pouvez, jouissez votre semence misérable pour vous reproduire tels que vous êtes, impuissants.

Ce doit être une expérience de ne connaître du mépris que celui qu'on reçoit à pleins tombereaux sans être en capacité d'en déverser soi-même la moindre goutte, vu qu'il serait insensé de vous placer une nanoseconde au-dessus de qui que ce soit. À part celle du nombre, la supériorité n'est pas de votre monde. Vous trouvez que ça suffit, le moment est plus que venu où je devrais me taire. Mais il faut toujours en remettre une couche pour que ça tienne, pour que ça prenne, sinon vous êtes trop pressés de passer à autre chose. Vous voulez jeter le discrédit sur la source pour disqualifier le message mais vous êtes des cons et des lâches, et j'en passe, vous vous y êtes faits mais pas à en avoir les oreilles pleines. Vous êtes prêts à tout supporter pourvu qu'on ne vous le serine pas. Vous êtes prêts à tout pourvu que ça ne se diffuse qu'entre prêts à tout qui se neutralisent, le prennent pour une qualité et c'est vrai que c'est un miracle tombé du ciel dans vos vies exécrables, puisqu'il vous faut être prêts à tout à chaque seconde pour ne pas à chaque seconde vous passer au cou la première corde venue, ne pas profiter du moindre pont pour vous écraser en contrebas, ne pas vous jeter sur le premier poison qui traîne mettant fin à cet empoisonnement permanent que vous appelez votre précieuse existence et qui, si elle était cotée en bourse, serait victime d'un krach perpétuel en atteignant des gouffres au-dessous du zéro absolu. Vous êtes prêts à tout sauf à quoi que ce soit d'intelligent, de courageux ou digne. Vous êtes prêts à tout en appelant tout une accumulation de riens dont chacun vous contient largement. Vous êtes des riens gonflés à l'hélium, des grenouilles aussi connes que des bœufs auxquelles on a accroché trop tôt des charrues que vous êtes incapables de tirer comme une justification à ce pourrissement sur place qui est votre marque de fabrique. Vous êtes des riens prêts à tout, des contradictions qui utilisez la logique à votre profit tellement vous l'avez détournée sans le savoir puisque vous ne savez rien dans votre ignorance gargantuesque, n'étant là que pour empêcher ce qui pourrait être. Si j'étais maître du monde, cette planète aurait meilleure réputation.

Vous voudriez analyser ce que je dis? À partir de quelles compétences, cachées jusqu'à présent avec un succès qui ne vous ressemble pas, vous feriez-vous les experts de ce qui vous passe au-dessus de la tête? Vous êtes plutôt des expliqués que des expliqueurs. Vous êtes des échappés de laboratoire, de même que les germes d'un virus qu'on étudie pour en venir à bout profitent parfois d'une maladresse pour sortir des éprouvettes où on aurait eu intérêt à les garder confinés afin d'aller promener leurs miasmes là où ils sont malvenus, à savoir partout ailleurs. Vous faites des phrases qui ne sont que répétitions perpétuelles, signifiant toutes Nous sommes les plus nombreux, nous sommes les plus nombreux, comme s'il n'y avait pas d'autre gloire que d'être partie prenante d'une totalité dans laquelle on n'est qu'une proportion méprisable et la gloire un territoire si repoussant que vous soyez attachés à en acquérir votre parcelle. La mienne est d'une autre grandeur. Mais ma grandeur pour vous est déviance de l'imagination ou du bon ordre psychologique qui doit régner dans le royaume des cons où il y a couvre-feu permanent afin qu'aucune idée n'émerge, puisque la moindre atteinte à la petitesse en est une à votre identité, puisque vous ne situez pas le cerveau dans votre corps, organe inutile que vous ne différenciez pas de votre cuir chevelu puisque vos cheveux ont autant d'idées que votre cervelle. Personne ne s'étonne que vos bébés naissent chauves ou le deviennent vite, par quel malentendu de la nature des cheveux leur pousseraient si c'est par leur intermédiaire qu'ils pourraient acquérir une intelligence leur échappant leur vie durant mais le malentendu était l'hypothèse de départ, leurs cheveux leur sont aussi inutiles que leurs cerveaux inexistants et la capacité de raisonner ou d'avoir, qui sait, un jour au fond d'un bois une idée à eux, cette capacité se révèle un leurre dont ils se réjouissent qu'il ne se soit jamais concrétisé au risque que ça les mène hors des sentiers rebattus. Vous êtes des bébés mal vieillis, conservant l'inintelligence et la laideur originelles en y ajoutant celles du temps qui passe, du vieillissement inutile dont le seul effet est de dégrader encore ce qui paraissait indégradable tant ça avait déjà atteint le pire état de l'horreur. Bébés qui baignez dans vos pisses et vos merdes, votre habitat naturel, qui ne pouvez pas vous en passer un instant et les fabriquez plus par votre système prétendu intellectuel que digestif. Si ce n'est que les bébés ont une nouveauté. Et vous êtes vieux comme la pisse et la merde, comme la connerie et la lâcheté, ces dieux uniques objets de ce culte ridicule que vous appelez vos vies et à qui vous rendez perpétuellement hommage sans oser l'avouer.

Vous trouvez que j'exagère parce que je ne répète pas ce qui vous est entré par les oreilles et sorti par la langue sans avoir rencontré le moindre obstacle ni la moindre approbation – des décibels qui ont pénétré dans votre corps et le quittent inchangés, vous permettant de vous targuer de votre fidélité. À quoi ? À la nullité qui vous constitue, vous et votre race humaine telle que vous vous échinez à la noyer dans l'océan de votre connerie sans repos. Vous trouvez que j'exagère. Que je peux dire ce que je veux, comme si c'était un effet de votre infinie tolérance, mais serais plus audible si je le faisais poliment, en suivant ce que vous appelez vos règles comme si vous n'aviez pas été élevés dedans avec une capacité à la non-révolte faisant douter que vous soyez jamais passés par l'adolescence et rendant vraisemblable cet arrêt au stade de bébé qui ne vous prive pas du vieillissement mais de l'évolution. Comment vous dire poliment que vous êtes une assemblée de salauds et de connards, un rassemblement de merdes à pattes avec un trou du cul plus grand que le ventre qui ne cesse d'être en action pour vous conchier à chaque pas, une population de sous-merdes si salopes et connes que le meilleur auteur de science-fiction perché aux hallucinogènes ne pourrait imaginer individus au-dessous de votre condition ? Ce n'est plus Mort aux cons mais Mort aux pas cons. Parce que le bonheur est dans la connerie, ce que vous appelez le bonheur, la soumission apaisée si ce n'est pas un contresens honorifique d'appeler soumission votre nature, comme si vous aviez eu à vous battre pour en arriver là. La bassesse vous attire, la veulerie a pour vous un charme sans pareil dont l'intelligence ne risque pas de vous détourner, de ce côté vous êtes parés ou désemparés pour les siècles des siècles. Vous seriez vexés de n'avoir que des conneries, lâchetés et malhonnêtetés de troisième ordre. Au moins, au sein de votre désastre, vous avez votre fierté que nulle part dans le système solaire on ne dénichera conneries, lâchetés et malhonnêtetés de plus grande envergure. Là, vous êtes les maîtres et, devant cette évidence, vous vous sentez pleinement humains.

Croître et multiplier est votre raison d'être, lapins couvrant le monde de vos crottes et vos appétits. Vous comparer à des animaux est vous élever puisque les plus indécrottables carnivores ne vous avalent que contraints, et pas la moindre pulsion de vous entre-dévorer comme si vous étiez si persuadés de votre ignominie qu'il vous répugnait d'y mettre les dents, dans cette chair affreuse et ce vide intellectuel qui sidère l'appétit, cet échec de la nature et de la divinité dont vous êtes les représentants et les symboles. Il vous faut enfin payer les conséquences de vos crimes dans lesquels vous persistez en attribuant le mot à qui se défend des vôtres. Comme si vous alliez poursuivre le système solaire en justice parce que la température y monte, le réchauffement climatique un mauvais coup perpétré contre vous par une planète vicieuse qui se permettrait d'en appeler à l'œil pour œil dent pour dent alors que cette prétendue justice est votre apanage, c'est à vous que doit revenir de définir paille et poutre. Une part de moi ayant échappé à l'assassinat que vous ne cessez de fomenter contre moi, c'est moi l'assassin. Oh, vous. On s'en prend à moi parce que je veux en finir avec les crimes qui ne disent pas leur nom et je me retrouve récipiendaire de ce nom pour chacun de mes actes car vous vous êtes couronnés maîtres du vocabulaire et ça ne vous suffit pas de faire le mal avec la compétence du roi Midas pour tout ce qu'il touche mais vous voulez encore que ça s'appelle bien. Il me faudrait des milliards de synonymes pour rendre compte de votre connerie et votre lâcheté si la tâche m'échoyait jamais de vous définir, vous les autres.

En finir avec vous, vous êtes les premiers à l'avoir tenté. Vous avez rejoint la masse indéterminable dans laquelle vous vous coulez en donnant à ce verbe le sens le plus fort, cette masse indéterminable dans laquelle vous avez indéterminablement sombré abaissant encore l'ensemble de quelques millimètres dont vous vous flattez que ceux-là vous sont dus personnellement – vous n'aurez pas existé pour rien. Pourquoi vous éliminer alors que vous êtes déjà tout éliminés ? Comment vous réduire à rien alors que vous n'êtes déjà rien ? C'est comme si des maniaques de l'assassinat ouvraient les tombes d'un cimetière pour en mitrailler chaque cadavre. Vous êtes nés morts. Dès que l'abandon et le renoncement ont été en votre pouvoir vous vous y êtes précipités pour vous épargner d'être réduits au silence ou à la mort auxquels vous êtes parvenus de votre propre gré, en Gribouilles de l'intelligence et du courage. Par quelle cruauté s'en prendre à vous qui n'existez pas, quel pervers s'acharnerait sur rien afin qu'il n'en reste rien alors que son intervention est inutile pour que ça commence par rien et finisse par rien sans que rien ne se soit passé au long du processus ? Voilà pourtant ce que vous ne pouvez pas nier avoir fait : être nés. Vous m'avez donné le mal de naître, je ne demande qu'à vous aider à vous racheter.

Que savez-vous du désespoir et de l'angoisse, espèces de prétendus anges sans gaieté, sans bonté, sans santé, sans beauté, espèces de démons ? Vous ne seriez pas ce que vous êtes et n'êtes pas si vous les connaissiez mieux, si vous aviez osé aller à leur rencontre plutôt que de vous calfeutrer dans ce que vous appelez vos vies comme s'il s'agissait d'espaces délimités aux frontières desquels vous veillez tels des douaniers surmotivés. Obsessionnel, vous me jetez ce mot comme une insulte sous prétexte que c'est ce que vous n'êtes pas. Vous qui n'êtes même pas obsédés de la vie, qui ne lui consacrez pas plus de temps qu'à votre compte en banque, vos conversations téléphoniques ou vos choix de vêtements pour cacher ou découvrir vos corps ratés, vous qui n'êtes obsédés que de vous, c'est-à-dire de rien, qui ne parvenez même pas à être obsédés de vous parce qu'il n'y a pas de prise, vous êtes trop vides, et qui vous répandez plus que vous ne vous fondez dans la totalité dont vous pensez que le nombre lui permet d'accéder à l'existence, cette accumulation de zéros dont vous vous enorgueillissez d'être membres comme d'un certificat de réalité, trop heureux d'avoir trouvé une occasion où l'orgueil vous concerne. Comme si le désespoir était un mouvement inaccessible parce qu'il n'y a plus de chute possible au niveau où vous vous trouvez, où tomber quand le fond du ravin est l'altitude que vous avez choisie d'emblée comme correspondant à vos capacités, quand la loi de votre gravité vous cloue au-dessous du sol ? Comme si ce que vous appelez vos pensées pesait des milliards de tonnes et donc hors de question de déplacer d'un millimètre la moindre portion d'aucune, vos pensées d'hippopotames qui vous enfoncent à chaque seconde et ainsi vous satisfont puisque la course vers le plus bas, le plus nul et méprisable est l'unique ambition vers laquelle vous rassemblez ce que vous appelez vos forces et qui n'est qu'une accumulation d'obstinations involontaires et de ténacités incongrues. Ça ne vous parle pas, le désespoir. Trop de chemin à faire, trop d'efforts pour ouvrir enfin les yeux et ne pas rebaisser les paupières face à tout ce qui aurait pu être. Pourtant, vous êtes bien armés pour lui, à être ce que vous êtes et n'êtes pas la route semble tracée pour battre des records dans la voie du désespoir. Sauf qu'à être ce que vous êtes et n'êtes pas on ne comprend rien à rien, rien de rien ne vous saisit, comme si vous traversiez les pires bûchers en restant frigorifiés. Rien ne vous atteint tels des hommes invisibles qui seraient visibles mais dont les pensées, les sentiments et les sensations, si par extraordinaire ils en ont, demeureraient invisibles à eux-mêmes.

Vous essayez de me fatiguer pour qu'à la fin je vous ressemble comme si fatigue, abandon et renoncement vous caractérisaient mieux encore que connerie et lâcheté. Vous êtes l'épuisement en pleine forme, la renonciation en pleine action. L'agonie perpétuelle. Vous naissez bébés éreintés et ne quittez jamais cet état en vieillissant, pourvus au fil des années qui vous sont des siècles de bébés, petits-bébés et arrière-petits-bébés en conservant vos cervelles de bébé que vous transmettez aux générations suivantes dans l'espoir exaucé que rien ne progresse, que vous ne soyez pas dépassés par vos descendants méritant bien ce nom. Vous n'avez pas honte d'être ce que vous êtes et n'êtes pas, craignant juste que ne surgisse un véritable être humain qui vous semble jailli d'une autre planète et qu'alors ce soit la honte qui apparaisse avec lui tel un nuage de Tchernobyl vous repérant où que vous vous terriez et vous contaminant. Que la honte devienne le seul élément de votre univers, la honte ou la vérité, la vérité ne pouvant plus se présenter à vous que sous cet avatar, que vous mangiez et déféquiez la honte, la respiriez et l'expiriez, qu'il n'y ait plus qu'elle en vous et hors de vous, la honte d'être ce que vous êtes et n'êtes pas, de s'y sentir tellement à l'aise, dans la honte qui n'est pas la vérité, et de s'y sentir tellement étranger, dans cette vérité qui apparaît comme honte, dans ce monde de sensations où vous ne comprenez rien, où vous êtes complètement étrangers, comme si à force de dénis vous aviez quitté cette planète où ne demeurent que vos écorces terrestres qui ne sont pas grand-chose, comme des satellites perdus gravitant à des milliards d'années-lumière de quoi que ce soit, pauvres merdes en orbite avec votre connerie et votre lâcheté comme seules aides pour trouver la formule scientifique vous permettant de mettre fin à ce cauchemar qui se présentera enfin comme tel. Ce cauchemar que vous appelez le paradis et dans lequel vous croyez que tout le monde veut mettre les pieds alors que de vrais êtres humains n'aspirent qu'à en être expulsés si par malheur on les y a introduits quand ils étaient trop faibles pour y résister, bébés manipulés qu'on a menés dans le camp de concentration de votre amour imbécile et pervers, votre amour de cons, votre amour de lâches qui se personnifie dans ces bébés créés pour l'abattoir et dont la plupart suivent ce sinistre destin sans rechigner, éduqués par vos immondes soins dans le camp de rééducation permanente de cet amour imbécile et pervers déjà évoqué. Vous voulez que je me lasse, qu'à la fin la répétition soit un argument contre moi plutôt que contre vous, seul moyen que vous ayez de mettre fin à ma haine, comme si elle n'était que trop juste et vaste, que vous y passeriez vos vies et celles de vos gosses et arrière-petits-gosses s'il fallait entendre jusqu'au bout mes exactes récriminations sans être en mesure de jamais rien rétorquer à aucune, simplement quelques comprimés quand ce ne sont pas des piqûres lorsque vous utilisez la force contre l'intelligence et le courage. Vous voulez que je me fatigue et me fatigue et m'épuise, que je me taise ou rabâche. Et dormir, n'est-ce pas rabâcher, radoter ? Dormir dans votre merde ainsi que vous faites sans interruption depuis la nuit des temps.

Vous comptez que fatigué de haïr je me mette à aimer. Bravo pour votre vision de l'amour, laissé-pour-compte de la vérité. Vous voulez un amour et une vie de connivence, Quelles merveilles que cet horrible ci et cet affreux ça. Pour votre malheur, j'ai une capacité sans fin à vous dire votre vérité, vous enfoncer dans votre boue pendant que vous pataugez dans votre merde et vous enfoncer dans votre merde pendant que vous pataugez dans votre boue. Le dégoût de vous m'est naturel, m'est santé, parfait fonctionnement de mon système digestif et moral. Vous voulez que je m'épuise comme unique manière d'acquérir vos idées et vos sentiments si c'en sont, même si je ne pourrais que demeurer votre élève dans cette voie, comme si j'avais avalé la potion magique et que vous deviez attendre que les effets s'en soient estompés. Comme si j'étais tombé dedans quand j'étais petit, dans cette potion qui donne intelligence et courage et mépris plus que pitié de ceux qui ne les connaissent pas, ses effets ne s'estomperont jamais en moi tandis que la recette a été perdue et impossible d'en confectionner la moindre goutte pour les misérables à l'estomac si fragile qu'ils préféreraient ne pas y poser les lèvres si on leur en proposait de crainte que le goût ne leur convienne pas, cette potion magique ne manque-t-elle pas de sucre, de sel, n'est-elle pas trop pimentée? Si vous réclamiez la pitié je réfléchirais à vous l'accorder mais vous vous prétendez les grandes réussites de l'univers et ce sont ceux qui parviennent à ne pas entrer dans votre communauté que vous estimez dignes de compassion dans l'inversion de votre vocabulaire qui est une preuve supplémentaire de votre nullité tous azimuts conjuguée à votre goût non moins illimité du pouvoir. Vous voudriez que je vous aime ou m'aime moi-même pour que l'amour m'anéantisse et que je pénètre dans cette communauté dont vous surpeuplez la planète car vous n'avez pas compris que je m'aime moi-même, quoi que vous analysiez, trop content de ne pas être ce que vous êtes et d'être ce que vous n'êtes pas. C'est l'amour qui me donne la force et l'intelligence et le courage et cette lucidité qui vous terrifie, c'est mon amour pour moi-même qui vous terrorise puisque, aussi cons que vous soyez, un instinct vous avertit qu'aucun de vous ne pourra susciter un sentiment favorable d'une telle intensité. Qui serais-je sans moi, sans le culte que je me rends, si je devais vous laisser à vos liturgies incestueuses où vous vous respectez les uns les autres sous peine de sombrer dans le même désastre, telle une infinie cordée d'alpinistes reliés par des chaînes de plomb et qui prétendent gravir un glorieux tumulus quand ils ne font que dégringoler de plus en plus vite dans les éternels abysses de l'horreur à la fois la plus méprisée et la plus ridicule.

Vous espérez que je me disqualifie à vous disqualifier trop fort comme s'il y avait une limite à votre déchéance, ayant commencé au fond du trou vous n'auriez pas plus bas où descendre, sauf que c'est un trou sans fond. Vous êtes trop gros et trop maigres, trop petits et trop grands, trop jeunes et trop vieux, trop durs et trop mous, trop et pas assez tout et n'importe quoi, vous êtes l'impossibilité pétrifiée, stoppée dans sa métamorphose vers la réalité. Vous êtes des statues de pierre sans avoir été femmes de Loth, pas des statues mais des blocs, pas des blocs mais des tas, à vous rassembler les uns sur les autres vous formeriez une répugnante muraille de Chine qui serait un rempart physique et moral contre tout envahisseur sensé. Sans vous, je vivrais à la bonne température et respirerais sans avoir à me préserver de l'odorat ni à inspirer dans la clandestinité. J'inspire quelque chose qui vous est étranger, inaccessible, et vous ne pouvez pas laisser faire, par jalousie et par prudence, comme si mon nez rendait encore potion magique cet air que vous avez salopé ainsi que vous en avez été réduits à vous en rendre compte, cet air ami dont vous vous êtes faits un ennemi sans l'avoir voulu, par le génie de votre incompétence. Vous êtes disqualifiés de tous côtés, ni les arbres ni les animaux ne veulent plus de vous, ni moi ni la galaxie, vous êtes des survivances qui survivez au mépris de toute logique et toute éthique, des morts-vivants qui vous échinez à répandre la terreur quand quiconque a un soupçon d'humour se tord de rire à vous voir vous démener comme des merdes au fond d'une fosse d'aisance, si ce n'est que vous avez le pouvoir d'écraser de votre masse inerte toute liberté, toute idée neuve, vos nez si habitués à la puanteur habituelle qu'ils repèrent et massacrent ce qui s'en éloigne afin que rien ne perturbe votre champ d'épandage. Vous êtes des merdes en circuit fermé, merde tu redeviendras merde en n'ayant jamais cessé d'être merde ni d'avoir rien produit d'autre que de la merde, en en ayant inspiré et expiré, chié et mangé, en ayant adoré ou détesté vos parents et enfants de merde, en ayant respecté et méprisé la merde sans sortir de son entourage immédiat, par lâcheté et par goût. Le dégoût que vous suscitez est votre arme : qu'y aurait-il à obtenir à plonger les mains dans cette merde si profonde sinon être contaminé par votre substance, vous les fumiers qui n'engraissez que vous-mêmes ?

Vous vous mêlez aussi de plaisir et de jouissance. À quelles abominations a-t-on le vice de se livrer quand on n'est séduit ni par le comment ni par le pourquoi de vos agitations sexuelles. Les innovateurs sont les pervers comme les intelligents les imbéciles et les courageux les fous, dans votre échelle de valeurs qui est un escabeau à une marche avec ce que vous préconisez en bas. Vous vous entre-rutez comme des lapins complexés si bien que la misère de vos films pornographiques ne provient pas du budget ou de la mise en scène mais des fantasmes dérisoires comme si, à part vous, qui que ce soit pouvait être aiguillonné par ces successions de coïts où la moindre place laissée à l'initiative provoquerait un incendie par réchauffement climatique accéléré. Et cette fantasmatique ordurière vous est un idéal auquel vous aspirez en vain puisque vos productions personnelles sont autant faites pour exciter que la rencontre d'un dinosaure et d'un sansonnet en pleine ère glaciaire. Vous êtes stupéfiants et prévisibles, comme si c'était par goût, par usage de la liberté, que vous choisissiez pour chacun de vos actes le moins attirant, comme si votre connerie et votre lâcheté étaient votre idéal qu'à mon estimation vous avez déjà enfoncé mais qui demeurait pour vous un horizon inaccessible, vous pouvez être plus cons, plus lâches, ça ne dépend que de votre opiniâtreté. Vous vous appliquez avec la même rigueur à n'être jamais appétissants. Les malades sexuels, ce sont celles et ceux qui n'ont pas peur de coucher avec vous, de laisser vos corps repoussants les approcher ou les caresser quand ce n'est pas s'y entremêler, celles et ceux aptes à pénétrer sans traumatisme dans votre entourage bas-ventral comme s'il n'y avait pas mieux à faire que ces actes dont l'obscénité tient à celles et ceux qui les accomplissent, rebuts de l'humanité sexuelle, choses immondes qui feraient mieux de se diviser que de se reproduire, de décroître que de se multiplier, et qui s'ébattent comme si cette activité était destinée de toute éternité à voir le triomphe du terne, de la connerie et de la lâcheté, qu'elle était la justification rétrospective de votre inexistence, vous tous, quel que soit votre sexe prétendu, castrés de naissance, eunuques fiers de votre productivité, bons élèves frigides de cette émasculation permanente que vous nommez votre sexualité.

Le bonheur vous est une idée neuve, deux mobiles pour ne pas s'en approcher, une idée, une nouveauté, quoi de mieux fait pour vous terrifier à l'intérieur de votre terreur si par hasard il fallait mettre en branle une autre connerie et une autre lâcheté face à cet inédit, comme si dans votre connerie et votre lâcheté vous craigniez qu'elles puissent être prises en défaut. Rassurez-vous. Vous êtes si cons et lâches que vous ne percevez pas l'étendue de ces connerie et lâcheté que vous me reprochez de citer à tout bout de phrase sans vous rendre compte qu'elles ne quittent pas d'un mot le moindre de vos discours ni d'une seconde la moindre de vos conduites de sorte qu'il y a une ironie à me voir reprocher une répétition dont je suis le premier à souffrir, puisque c'est vous qui radotez sans fin, encore une heure et une phrase à être cons et lâches, encore un jour et une nouvelle, encore un an et un roman, encore quelques millénaires et diverses sagas de la connerie et de la lâcheté.

N'importe quelle révolution devrait vous être un havre, ayant tout à gagner à changer de quelque manière que ce soit. Mais pour vous, la révolution c'est vous à terre, c'est vous à votre place. Pour vous, c'est la porte ouverte à ce que vous appelez des fous criminels, laissant apparaître qu'il en est de sensés menant leur révolution de leur côté, leur révolution individuelle plus dangereuse que celles à prétention unanimiste qui finissent en effet par entraîner tout le monde et où chacun retrouve son immonde place quand ce n'est pas une partie de quatre coins. La révolution, pour vous, c'est l'aura accordée à vos connerie et lâcheté soudain discutée, comme si on allait analyser les fondements de leur règne, sur quels présupposés il se fonde et quel but il poursuit autre que se proroger. À savoir que vos connerie et lâcheté demeurent hors d'atteinte, ce qu'elles sont mais par leur étendue infinie et non par un passe-droit délivré à l'unanimité, à moins qu'on ne m'ait retiré le droit de vote mais l'unanimité aura une drôle de tête si elle ne concerne que les privilégiés de la connerie et de la lâcheté. Pour vous, la révolution est un flûtiste de Hamelin surdimensionné qui dès l'origine ne se contenterait pas de mettre les rats hors d'état d'être rats mais aurait la même ambition pour les cons et les lâches et tous les spécimens de cette race humaine, la mort seule façon de vous empêcher d'être cons et lâches et humains à votre guise, et vous emmènerait vous noyer comme des moutons sautant de la première falaise venue pourvu que quelqu'un ait commencé, trop contents d'imiter, trop fiers d'en être capables, trop impatients de rendre hommage à la connerie et la lâcheté et donc à vous-mêmes. Mais même cette révolution n'arriverait à rien parce qu'on peut vous jeter de cent kilomètres de haut au plus profond de l'océan que vous n'en souffrirez pas tellement les bas-fonds sont votre habitat familier. Vous êtes si mous que la chute ne vous briserait pas et il faut croire que vous êtes amphibies, depuis le temps que vous vivez sous la ligne de flottaison.

Vous êtes une épidémie de punching-balls, inaccessibles par inertie, par une psychologie faisant de la mort cérébrale votre état normal. Vous avez déjà reçu tant de crachats qu'un de plus, un de moins ou un milliard de plus. Rien ne fait de différence tant qu'on ne coupe pas la perfusion de connerie et de lâcheté car, aussi richement constitués que vous ayez été, il faut qu'elles se rechargent pour que vous les dilapidiez sans que jamais le niveau baisse. Et ce serait moi qui me répète quand chaque minute de ce que vous appelez vos vies est semblable à la précédente, une accumulation de riens débordant de partout, une ignominie resplendissante jamais lasse de se faire admirer puisqu'il faut cette approbation permanente afin que l'imposture n'atteigne pas vos yeux que vous prenez soin d'emplir de merde pour mieux vous assurer qu'ils ne distingueront rien qui dépare votre univers habituel. Je fais la guerre non à un punching-ball mais à des milliards de punching-balls, pas étonnant d'être parfois fatigué. Mais lassé, jamais, car je combats pour une amélioration de la vie dont vous profiteriez aussi puisqu'en vous retirant vous n'auriez plus à souffrir ce que vous souffrez sans vous en rendre compte par manque d'intelligence et de sensibilité, cette capacité à tout traverser sans une égratignure puisque vous n'êtes qu'une immense égratignure, une plaie béante qui bée pour attraper les plaies qui passent, égratigner ce qui traîne à sa portée, égratigner pour le contaminer puis exterminer à votre immonde manière. Vous êtes un virus domestiqué. La lèpre fait votre affaire. Vous ne savez plus qu'on peut vivre autrement, avec des corps différents et dans d'autres états d'esprit que dans cette léproserie géante qui couvre la planète. J'ai choisi la lèpre mais toutes les affreuses maladies dont les êtres sensés se préservent vous en faites vos choux gras sans le savoir, vous êtes l'horreur personnifiée sauf qu'incapables dans votre nullité de personnifier rien d'autre que la nullité, et encore, de sorte qu'il faut cet amoncellement de vous pour qu'à vous tous vous tentiez de représenter une personne, ou un sentiment, ou une bassesse particulière plutôt que l'ensemble d'elles toutes parce qu'il n'y a pas de raison de vous attacher à l'une plus qu'à l'autre, vu ce que vous êtes et n'êtes pas vous avez le droit et le devoir de vous réclamer de chacune. Je suis seul tandis que vous êtes un agglomérat de je ne peux dire quoi si je dois rester dans le cadre de vos bonnes manières, lesquelles consistent à ne jamais affirmer quoi que ce soit de vrai de crainte que ce ne soit plus contagieux que votre lèpre et que vous finissiez expulsés de votre léproserie ou qu'au contraire on vous y confine en en diminuant les dimensions jusqu'au raisonnable pour que je puisse enfin déambuler sur le reste de la planète sans vous y rencontrer, vous ou on ne sait combien de vos immondes semblables si ce n'est pas une contradiction de vous différencier.

Vous ironisez sur mon courage, mon intelligence, ma beauté et *tutti quanti*. Qui serais-je pour vous juger comme si vous ne deviez l'être qu'entre vous, unique manière de ne pas être relégués dans les bas-fonds du courage, de l'intelligence, la beauté et *tutti quanti*. Vos existences mêmes sont ironiques puisqu'elles sont inexistences, boules puantes auxquelles un magicien aurait octroyé le destin de diriger le monde pour que la puanteur règne en maîtresse et le moindre parfum abaissé au rang de vilain petit canard, c'est-à-dire de cygne, race supérieure dont vous n'auriez pas d'autre moyen de démentir la supériorité qu'en l'obligeant à ramper à vos pieds et les cygnes ne rampent pas. Vous vous prétendez des canards mais n'en êtes que de vilains petits n'ayant rien de cygnes, incompétents même en tant que canards, incapables de casser une patte à l'un d'eux autrement qu'en utilisant la force impure et vous retrouvant cependant canards boiteux, unijambistes, canards débiles, avec vos coin-coin comme point d'orgue de votre civilisation, des canards qui n'ont pas appris à nager, à flotter, qui coulez sans cesse, inaptes à utiliser les misérables gènes dont il serait biologiquement invraisemblable que vous soyez dépourvus. Vous ironisez avec votre ironie de canard se retournant contre vous à chaque battement de cils ou d'ailes, à chaque grimace qui est l'expression la plus élevée où parvient votre incapacité.

Ça vous paraît une folie que je représente courage, intelligence, beauté et autres quand votre prétention délirante est de vous nommer experts en ces matières dont toute l'eau des océans n'étancherait pas vos larmes si elles vous devenaient enviables. Le courage, l'intelligence, la beauté, vous n'en connaissez rien, des ennemis d'une race si mystérieuse que seulement les voir ou les sentir, les toucher, aurait un pouvoir néfaste et dont vous avez si complètement triomphé en vous-mêmes qu'il n'y en subsiste aucune trace. Pour moi, ce ne sont pas des monstres surgis du néant où ils feraient bien de courir se refaire dorloter mais des amis trop contents de passer du temps en ma compagnie, tels des SDF sur lesquels tout le monde cracherait et qui trouveraient refuge dans le plus confortable hôtel particulier de l'univers. Mais vous avez votre image de ce que doivent être le confort et l'univers et faites perdurer votre ironie au premier degré comme si nulle part on ne pouvait être mieux que dans votre merde qui est votre lieu de résidence prédestiné à la hauteur de vos capacités de production.

Un déni ? Vous vous surpassez dans votre psychologie. Maître du monde, pourquoi ce poste à l'intitulé convoité m'a échappé ? De ce monde-là, je n'ai aucune envie, intéressé que par un dont je mériterais d'être le maître. Vous plaisantez qu'il reste à construire mais aussi bien il est là depuis toujours et il n'y a qu'à vous détruire pour qu'il apparaisse, caché sous ces voiles et remparts que vous édifiez pour que rien d'édifiant n'apparaisse. Vous êtes impitoyables car vous avez mis votre pitié en commun et elle est toute destinée à vous-mêmes sans que vous vous en rendiez compte, en voilà de l'inconscient vous qui vouliez m'en déverser, il faut des trésors d'autocompassion pour supporter d'être ce que vous êtes sans se jeter sur la première bombe nucléaire venue ni se frapper la tête contre les murs où vous prétendez m'enfermer jusqu'à ce que vos têtes éclatent et que rien ne s'en répande, pas une goutte de sang ni de cervelle, et que j'applaudisse ce sacrifice dont vous seriez les premiers bénéficiaires en cessant d'être, abandonnant toute prétention à des existences qui vous ont abandonnés. Peut-on appeler pensée cette tactique lamentable pour prolonger vos inexistences végétatives jusqu'à plus soif, plus faim, jusqu'à plus la moindre ombre de la moindre idée, ce qui ne fait pas loin mais toujours trop pour vos muscles immondes commandés par un système nerveux justifiant les appels à la haine contre le système quel qu'il soit ? Changeons-en, d'univers, et on verra si vous ne venez pas me mendier dans la main, ramper en vous tordant les reins avec votre habileté de canards pour toute gesticulation humiliante qui trouvera matière à s'exprimer quand nus face contre terre vous demanderez pardon pour l'ensemble de vos conduites infâmes et que j'aurai plaisir à vous expliquer pourquoi aucun pardon n'est accordable, non qu'ait été si grande l'offense, que peut-il y avoir de consistant venant de vous ? mais trop microscopiques les destinataires d'une éventuelle absolution. Vous préféreriez qu'au lieu de vous tuer tous, je me tue moi. Mais je ne suis pas de votre race, quoique le suicide ne soit pas non plus votre fort si ce n'est que vous avez choisi une autre manière, le suicide assisté par vous-mêmes, soins palliatifs et euthanasie permanents. De votre premier jour sur Terre jusqu'à votre mort honteusement procrastinée vous ne faites que vous tuer, bravo, mais moi avec et plus brutalement, assassins.

Il est injuste que vous n'en commettiez pas plus, de suicides de masse, puisque la vie est l'ennemie contre qui vous engagez en permanence vos inexistences dans l'espoir de la mettre à bas. Elle vous est un monstre sorti des contes de sorcières de l'enfance, une impostrice réclamant une place d'où elle a été exclue depuis la nuit éternelle de vos temps. Sauf que la merde, c'est la vie, aussi. Vous tâchez de ne pas être contaminés par cet élément inquiétant, la vie qui vous attendrait au fond d'un bois, au coin d'une chiotte, qui vous sortirait par le trou du cul mais jamais assez pour que l'expérience ne soit pas à renouveler. Et c'est le contraire qui se produit, la merde gagnant du terrain, vous recouvrant, vous constituant petit à petit puis du tout au tout, seule image de la vie que vous parveniez à endosser, la merde personnifiée, mais la merde morte, la merde stérile qui vous va comme un gant géant dans lequel vous vous enfilez. Comment vous suicider dans ces conditions ? En tirant la chasse ? Mais vous pullulez dans les égouts qui vous sont une renaissance, enfin vous voilà à l'aise, enfin entre vous, entre merdes de détestable compagnie. Vous resplendissez dans votre accomplissement, rien ni personne ne peut avoir une odeur plus forte que ce tas de merdes dont vous êtes chacun partie prenante et qui monterait jusqu'à la Lune s'il n'était ontologiquement disposé que pour la descente, un tas qui atteint les bas-fonds où vous trônez sans adversaires à votre taille. Un suicide de merdes, ce serait regarder vers le haut, réfléchir à d'autres odeurs, imaginer quoi que ce soit de différent – alors on ne vous y prendra pas, le suicide devant demeurer l'apanage des intelligents et des courageux dont vous vous feriez tuer plutôt que de remettre en cause l'exclusivité quoique c'est surtout les tuer s'ils ne le font pas d'eux-mêmes qui assure le mieux votre prétendue survie. Des vies de merdes, quand on est merdes il n'y a pas plus belles réussites et vous vous y cramponnez. Mais c'est un projet merveilleux de quitter cet univers lorsqu'on a le talent de ne pas être né merde, lorsque ces merdes à pattes sont des repoussoirs avant d'être des égaux ou des inégaux, qu'on ne pense qu'à se débarrasser de ces soi-disant compatriotes même quand leur apparition ne consiste qu'à se coller sous sa semelle qu'on racle contre le premier trottoir venu mais il en reste toujours trop. Comme si on m'imposait une complicité, la merde un virus et vous une pandémie en éternelle aggravation dont le seul vaccin consiste en un nouveau big bang vous expédiant dans un autre espace spatio-temporel, me laissant celui-ci où je n'ai d'autre ambition qu'être hors de vos portées.

Vous ne comprenez tellement rien que vous n'avez même pas accès à la souffrance, votre connerie s'étendant à vos cellules, votre système nerveux pas assez perfectionné pour vous avertir que vous vous êtes fait mal quand vous vous cognez, ce qui expliquerait que vos existences consistent à être là et vous y accrocher le plus longtemps possible, ce là qui ne vous est jamais un ici, éloignés que vous êtes de toute vérité. La souffrance physique vous atteint mais votre lâcheté vous préserve de toute souffrance intellectuelle, psychique, abandonnant le terrain en permanence. L'histoire de Benjamin Button est celle de vos vies qui n'en sont pas, reculs perpétuels, toujours moins loin, moins haut, moins fort, Jeux olympiques de la bêtise et de la pleutrerie où vous arrachez ex æquo toutes les médailles. Vous niez la souffrance comme vous niez la vie et vous en enorgueillissez comme d'une supériorité, une facilité pour vivre ces vies que vous ne vivez pas en prétendant vous apitoyer sur les cons infichus de se débarrasser de ces boulets que sont intelligence et courage et prorogez quant à vous sans imagination une présence prétendue humaine sur la Terre qui n'a mangé aucune pomme pour subir un tel châtiment sans espoir d'expiation. Je suis différent de vous en tout ou c'est vous, tous semblables donc tous différents de moi en masse, en volume, vous les marginaux prétendant à une respectabilité qui est une honte telle que vous la définissez et à laquelle vous n'auriez aucun droit si elle était respectable. Ça ne sert à rien de vous percer le ventre pour que vous vous dégonfliez puisque vous êtes dégonflés d'office, impossible d'en finir avec vous puisque vous n'êtes rien depuis le départ, inassassinables puisque toute trace de vie réelle vous a abandonnés depuis toujours. Ce qui vous désespère est de manquer d'argent, que meure qui vous prétendez aimer, que votre propre fin approche s'il est possible de vous individualiser, vous tous, mais que je vous concède pour la beauté du raisonnement et parce que chaque patte du mille-pattes imagine avoir sa personnalité, le rêve est libre. Mais la liberté vous est un cauchemar, votre rêve est que la question ne se pose pas, votre personnalité se tiendra à carreau dans la case qu'on lui a attribuée. Vos bonheurs pitoyables, si gâcher une once de compassion en votre faveur n'était pas aussi criminel que risible. Il semble que bonheur soit un maître mot de votre lexicographie inversée. Quel est le contraire de merdes? que je comprenne mieux comment vous vous définissez, plus boomerangs que punching-balls, c'est une souffrance de s'attaquer à vous, adversaires minables et invincibles.

Votre bonheur immonde, votre merde honorifique. Ça doit vous tarauder, fréquenter l'intelligence, le courage, vivre dans un autre monde. Il doit y avoir des moments d'inconscience où vous n'auriez rien contre tenter l'expérience, s'il y a un filet. Pourquoi ne pas mettre un pied de l'autre côté, tâter de l'orteil le territoire de l'intelligence et du courage si vous êtes assurés de pouvoir dans la nanoseconde rentrer dans votre chez-vous de connerie et de lâcheté en racontant que vous l'avez fait, explorer ailleurs, mais que rien ne vaut votre ignoble demeure. Quelle place pour vous, en effet, dans l'univers du courage et de l'intelligence si vous souhaitiez par extraordinaire y accéder et non moins extraordinairement y parveniez? Votre caractère d'intrus sauterait aux yeux. Vous perdriez tellement vos exécrables moyens dans cet inhospitalier radical que fuir deviendrait une aventure inédite quoique vous le pratiquiez depuis toujours. Tout à coup, ce serait une expérience neuve et vous creuseriez comme des taupes dont vous n'avez pas la dextérité pour vous enfouir dans un tunnel ne conduisant nulle part, un simple trou qui vous serait un tunnel exfiltrant, nul ne vous a jamais condamnés à frayer avec intelligence et courage, pas de risque qu'on vous rencontre au parloir. Quand elles vous concernent, les circonstances sont toujours atténuantes et toujours aggravantes quand vous me les appliquez, ces circonstances que vous évoquez comme un mot d'une précision horlogère alors qu'elles sont aussi gigantesques que vos connerie et lâcheté et en permanence à circonscrire. Les circonstances sont que vous êtes là triomphant petitement, c'est la taille qui vous convient, et il ne faut rien y changer de crainte que vous ne preniez conscience de l'ampleur de votre désastre éternel. Les circonstances sont que vous réclamez la pitié pour être plus impitoyables dès que vous l'avez obtenue. Pas de compassion pour les ennemis de la compassion, pas d'intelligence pour les ennemis de l'intelligence. Retournez dans le vide d'où vous n'êtes jamais sortis, soyez balayés comme les poussières que vous êtes et qui provoquent des allergies contre lesquelles se battre est la moindre des choses. Disparaissez pour être fidèles à ce que vous êtes puisque vous n'êtes rien d'autre que la personnification du rien décorée de toutes les immondices de l'humanité. Déguerpissez pour n'avoir plus à m'entendre. Mourez.

S'il y avait une justice, vous vous noieriez dans mon dégueulis, emportés par ce maelström malgré votre capacité à vous agripper dans un environnement hostile, à vous adapter jusqu'à devenir amphibies quand une inondation de merde vous submerge sans que vous éprouviez de difficulté à respirer puisque vous vous fondez dans l'obstacle qui n'en est pas un, mauvais exemple que la merde pour laquelle vous avez de si grandes dispositions que c'est si aucune ne se pointait à l'horizon que vous vous sentiriez isolés, solitaires. Il faudrait un torrent de gerbe quoique le dégueulis aussi participe de votre disgracieuse accoutumance qui porte chance si on entre dans votre vocabulaire en appelant chance ce pitoyable état des choses. Mais une cascade colossale, il y a un espoir que vous vous y brisiez malgré cette mollesse infâme que vous appelez souplesse pour vanter vos capacités évolutives comme si les élucubrations de Darwin n'étaient pas un tissu d'absurdités car qui peut croire qu'arriver là où vous en êtes soit autre chose qu'une dégradation permanente, de quel plus bas auriez-vous pu monter pour parvenir à cette bassesse absolue déjà évoquée ? Si j'étais la justice, tandis que vous seriez empêtrés dans ce vomi et cette merde où vous êtes si à l'aise que vous ne pouvez jamais en sortir un petit doigt de sorte que c'est quand même un empêtrement, tandis que vous vous y noieriez comme d'habitude tout en y nageant en champions, je vous montrerais soudain, grâce à mon talent imaginatif capable de se mettre un instant à votre hauteur, c'est-à-dire votre bassesse, je vous montrerais une image de courage et d'intelligence qui vous fasse envie, juste une image et brièvement car l'exploit est déjà considérable de parvenir à ce que vous ayez envie de ça plutôt que de le rejeter comme la nocivité même. Pour une nanoseconde vous y aspireriez et cette nanoseconde suffirait à vous détruire de fond en comble, tout ce dont vous n'avez jamais rêvé et dont vous auriez dû, tout ce qui jamais ne vous appartiendra alors qu'il n'y a rien d'autre à posséder, les seules choses à quoi il vaille la peine d'accéder et qui vous sont le symbole de l'inaccessible. Et je vous regarderai, stupéfiés et aussi désespérés que vous pouvez l'être, tranquille sur le bord du rivage, les bras croisés puisque je n'aurai plus besoin de mettre les mains à la pâte, riant de mon humour repu parce que le mot justice aura été remis à l'endroit.

Tout est vrai et le contraire quand ça vous concerne et qu'il est question d'insultes, méritées quelles qu'elles soient, justifiées par une plus haute idée de l'humanité que celle que vous galvaudez, que vous insultez en entrant dans ce processus où vous êtes les récipiendaires d'honneur de toute injure, excitant l'inventivité des linguistes. Mollards, dégueulis, merdes de diverses tailles et substances, tout cela ne vous est rien d'autre que des excrétions de vérité sous la seule forme que vos inintelligence et lâcheté rendent possible. Mollards, dégueulis et merdes vous sont autant d'autoportraits où vous ne vous reconnaissez pas, vos yeux si pleins de ces matières ignobles que la vision est contaminée, la beauté inaccessible comme la simple médiocrité que vous prendriez pour le signe du génie si le génie n'était dans votre bouche une insulte d'une autre violence que celles que vous recevez comme des compliments, fiers de relever de ce que vous êtes capables de produire sans effort. Et vous me répétez que je me répète quand la répétition est votre raison d'être, comme s'il fallait répéter interminablement vos connerie et lâcheté pour que vous ne risquiez jamais d'oublier qu'elles sont vos exclusivités à exhiber en toutes circonstances, comme si même dans ces deux disciplines vous aviez dû apprendre le sens du mot réflexe pour vous y perfectionner parce que votre vide est tel qu'il vous a fallu bachoter pour atteindre ce niveau de connerie et de lâcheté, comme si rien du tout ne vous était naturel et surtout pas l'existence, comme si, aussi éloignés que vous êtes de la rive de l'intelligence que vos yeux embués de merde, mollards et dégueulis vous interdisent de distinguer, il avait encore fallu des années d'études pour parvenir à ce haut degré de connerie et de lâcheté, avant il n'y avait rien, simplement rien, bébés qui tétez connerie et lâcheté et qu'il est impossible de sevrer, jamais prêts à lâcher cette bouillie-là.

J'aimerais être un boucher pour vous, boucher végétarien puisque vous n'avez aucune viande, aucun sang, simplement la connerie et la lâcheté coulant dans vos veines et votre gras, coulant immobiles et inertes tel un fromage trop fait, puant, toujours prêtes à exploser et se répandre partout, comme s'il fallait que les fleuves aussi ne véhiculent plus que de la connerie et de la lâcheté, qu'on construise des canaux pour les stocker l'une et l'autre, qu'il n'y ait qu'elles accrochées aux branches de n'importe quels arbres et qu'elles soient une sève pour leurs troncs, que les fleurs soient connes et lâches et la terre des chemins et les cailloux qui vous entrent dans les chaussures et la pluie qui vous mouille de connerie et de lâcheté supplémentaires et le ciel bleu et son soleil, comme s'il fallait qu'il n'y ait pas une particule de votre univers qui ne soit dévouée à vos connerie et lâcheté et la torture et l'assassinat les seuls remèdes contre votre mainmise sur le monde et ma vie. Car j'en ai une que vous me sabotez, tels des épouvantails pourvus du mouvement et de la parole me poursuivant où que j'aille avec mes jambes ou mon cerveau en criant Au voleur, à l'assassin, parce que vous pleurez dans votre inconscient que ce qu'il y avait de supportable en vous a été volé ou assassiné et c'est plus simple de m'en prétendre le coupable. Ce serait apaisant de vous apprendre à haïr de plein fouet, les yeux dans les yeux, plutôt que de cette façon malsaine que vous n'assumez pas, comme si votre haine se déversait malgré vous. Ça doit être jouissif de vous remuer les couteaux dans les plaies, ambidextre pour vous servir, les tourner dans vos déplorables corps afin de vous prouver que la connerie et la lâcheté ne sont pas des ambitions unanimement partagées puisque je me dresse contre elles, de la force de mon unité et de ma solitude et de mon indépendance et de ma souffrance, de la force de ce qui vous est inaccessible même quand je vous l'enseigne du haut de mon intelligence et de mon courage, de mon savoir et de ma compétence, du haut de mes poignards et de ma vérité et de ma réalité et de mes arguments indépassables. Vous insulter et que chaque mot soit une lettre plus qu'écarlate sur vos corps immondes qui en seront embellis comme d'une marque d'humanité, enfin. Que mes crachats soient de l'acide qui vous brûle la peau pour que vous vous battiez afin de ne plus les recevoir, ce qui est au-dessus de vos forces puisqu'il n'y a pas que la connerie et la lâcheté en vous mais aussi l'instinct qui vous pousse vers elles, l'instinct de la merde et du mollard et du dégueulis. Même hachés en mille morceaux vous continueriez à chier de la boue par chacun des mille et vous en frotteriez de fierté vos mains coupées.

Impossible pour vous de mépriser malgré vos tentatives de ne pas paraître la lie de l'humanité et la non-humanité puisqu'il n'y a qu'entre vous que vous pouvez paraître supérieurs à qui ou quoi que ce soit, et si zizanie il y a c'en sera fini de vous tous d'un coup, n'ayant rien à gagner à être perçus comme de la merde, du mollard et du dégueulis individuels, pas pris dans le grand fleuve immonde dont les alluvions cultivent vos générations à venir. Ça me réclamerait plus qu'une vie de vous exprimer mon mépris, d'autant qu'à vous chier, vous cracher ou vous vomir dessus vous ne seriez que confortés dans votre identité, encouragement superflu pour consolider votre univers vers plus de merde, de mollard et de dégueulis. Vous soupçonnez la fatalité de ma survenue parmi vous, messie chargé de vous tirer de cette flaque excrémentielle sans fond où vous vous noyez dans ce que vous appelez la joie et qui est ce qui s'approche le plus du désespoir tel que vous pouvez le percevoir. Rien de mégalomaniaque à me considérer ainsi car n'importe quel messie bien constitué se chercherait une tâche plus gratifiante que de se passer son exaltation sur une bande infinie de mouches à merde n'ayant ni l'intelligence ni le courage de savoir voler tout en produisant ce bzzz bzzz entêtant qui vous définit si justement. Il serait paradoxal de vous consacrer tant de mon temps et de mon vocabulaire alors qu'un de mes mots et une de mes nanosecondes seraient de trop ? C'est faire peu de cas de vos présences, c'est-à-dire vos sons, vos odeurs, vos vues, vos touchers et vos goûts sans compter vos connerie et lâcheté qui s'immiscent dans vos cinq sens et les colonisent, comme s'il n'y avait plus qu'elles deux à s'exprimer par vos organes. Vous n'êtes pas d'une discrétion telle qu'on puisse se trouver sur cette planète sans savoir que vous y êtes aussi à la maltraiter autant que possible avec sur ce point des capacités gigantesques. Comment vivre quand vous êtes là à me gaver de ce que vous avez créé et que la raison commande de fuir à la vitesse d'une fusée spatiale au galop ? Quand vous êtes dans le voisinage à tout saloper et saloper encore dans une bonne conscience en perpétuel essor, vous répandant dans chaque interstice pour le contaminer tels des déchets nucléaires nécessitant mille siècles avant d'être moins nauséabonds ? Comment vivre quand vous êtes vivants ?

Je suis un artiste. Je suis ma prison et ma liberté, mon intelligence et ma connerie, mon courage et ma lâcheté. Je suis un artiste de la haine, comment faire autrement ? Vous rêvez de m'isoler mais je suis un artiste, je reste dans mon coin en plein milieu de chez vous, en plein milieu de votre chambre et de votre tête et de votre sang. Je suis un contre tous et je vous contamine parce que j'apporte ce contre quoi vous n'êtes pas immunisés, n'ayant jamais eu de rapport avec, l'intelligence, le courage, la beauté. Vous avez beau ne pas lire, ne pas regarder, ne pas ressentir, quelque chose va passer dans l'air et vous avez raison d'être terrifiés parce que c'est vous qui serez désormais entre quatre murs délimitant une superficie de plus en plus petite, cloisons amovibles qui vous étoufferont jusqu'à ce que vous soyez morts de la pire mort afin qu'en ressuscitant de ces corps affreux, ces âmes pitoyables et ces existences inexistantes, vous ayez comme but de ne jamais les renouveler et qu'ainsi un univers plus présentable s'offre à mes yeux, mon cœur et mes couilles, pour que, si votre vocabulaire correspond à votre comportement, vivre et mourir ne soient pas synonymes de merde, de crachat et de vomi. Je suis un artiste de la haine qui va vous tuer encore et encore. Mon œuvre consiste à délayer cette ambition avec une densité maximale à chaque instant car je suis un paradoxe et elle aussi, connards de tous acabits. Goûtez-moi ça jusqu'à ce que vous en redemandiez, des coups partout, dans la gueule, dans le ventre, dans le sexe, et le rasoir ça vous plairait pour pimenter la scène ? et puis la carabine à bout portant après une saine chasse à l'homme ou à la femme où on vous aura fait miroiter que vous avez votre chance avant que vous ne l'ayez plus jamais. Je suis un artiste, l'inconnu qui s'avance en majesté, irrécupérable, mais pas comme vous au sens où il n'y a rien à récupérer. Je suis irrécupérable par les troupeaux de cons qui se flattent d'être cons et troupeaux. C'est la force de mon art qui me donne ces provisions inépuisables sous lesquelles je vous asphyxierai, à la longue. Vous n'en avez plus pour longtemps à jouer les triomphateurs modestes, bientôt vous serez les suppliants lamentables dont personne ne voudrait comme larves dans des jeux sexuels parce que le jeu et le sexe dans leur vraie acception vous sont si étrangers que vous en saboteriez l'essence à vous risquer dans leur proximité. Vous êtes des ignominies ambulantes juste bonnes à être encore gavées d'ignominies avec l'intelligence d'oies dont personne n'avalerait le foie pour des raisons plus gastronomiques qu'humanitaires. Vous êtes la merde, le mollard et le dégueulis en fusion où ni un estomac ni un cul ni une gueule ne retrouveraient ses petits tellement, par la puissance de mon art, je vous aurais reconstitués en un mixte qui cumulerait les défauts de ces trois matières déjà peu affriolantes. Vous êtes un film d'horreur qui a échappé à son créateur et prétend annexer la réalité.

Renvoyer les riens au néant n'apparaît pas une entreprise si ambitieuse. Et pourtant si, et pourtant ils tournent, ces riens de merde, tournent et retournent sur cette planète comme des maîtres appelant leur nullité au secours de leur divinité, ne pouvant être arrivés là par hasard alors qu'aucune morale ou logique présentables ne les y prédestinait. Je suis un artiste qui vient vous vomir et vous chier à la gueule parce que c'est la seule œuvre qui entre dans votre champ de perception. Je suis l'artiste béni qui vous apporte la malédiction pour que vous vous réfugiiez entre quatre planches qu'on enterrera le plus profondément possible afin que la fournaise terrestre purifie ces charognes que la mort accordera avec ce que vous avez toujours été, des cadavres ambulants ou déambulant, des bébés grabataires qui ont eu besoin de leur naissance à leur mort de la béquille d'un déambulateur pour ne pas ramper ouvertement mais feindre de se tenir debout comme les singes qu'ils étaient peut-être, au premier jour de la création, mais dont ils ont abandonné la fierté au nom d'une noblesse imaginaire qui vous est survenue en songe dans la splendeur de votre connerie et de votre lâcheté. Je suis l'art qui s'avance contre vous de toute la force de mon art d'insulteur vilipendé, d'injurieur jamais pris en défaut, vous fouettez l'imagination une fois qu'on vous a percés à jour. Tous ces riens qui se poussent du col pour être quelque chose, n'importe quoi, ne regardant pas à la dignité, c'est d'un comique fou si on n'a pas le sens de l'humour – c'est juste si on l'a que ça donne envie de pleurer d'être contraint de l'utiliser ainsi. Vous êtes un dentifrice qui salit les dents sans l'avoir pris en bouche, est-ce tellement drôle ? Vous êtes une pollution que je me garde de respirer mais qui a déclaré la guerre à mes poumons, envahisseurs sans scrupules disant C'est ça ou rien, il n'y a le choix qu'entre asphyxie et empoisonnement, est-ce de rire que je devrais me tordre ? Vous êtes les combattants perpétuels demandant de cesser le combat, devrais-je me taper sur les cuisses plutôt que sur les vôtres, sur vos cuisses et vos gueules de cons et vos cœurs de lâches et dans vos corps et vos âmes de riens pour qui moins-que-rien serait un compliment en vous offrant un élément de comparaison ?

Pour vous, je suis un artiste fou à la manière de ces savants ne consacrant pas leur génie à ce qu'ils devraient selon vos estimations d'analphabètes. C'est plutôt une modestie inouïe là où vous parlez de mégalomanie, vous faire entrer dans mon œuvre est plonger dans le minimalisme le plus total. Mon art a l'ambition d'ôter à César ce qui n'est pas à lui, et par César je veux dire merdes et crachats se parant de la distinction et du pouvoir avec tant d'assurance que je devrais en rester coi afin que mensonge, ignorance et malhonnêteté triomphent sans que personne ne lève un mot contre eux. J'apparais avec mon art assassin pour les imposteurs mais vous n'êtes pas des imposteurs, vous êtes la lie de la merde, des mollards et du dégueulis et je vous décris dans l'horreur de votre réalité, telle que vous n'avez aucune honte de vous présenter puisque votre seule capacité est de tirer encore vers le fond ce qui estimait l'avoir atteint. L'art, j'ambitionne de vous en chier, mollarder ou dégueuler à la gueule ou dans ce qui vous tient lieu de cerveau pour que vous voyiez la situation sous un jour nouveau malgré votre incapacité à voir, que votre veau d'or ne reste pas éternellement sur ses sales pattes et que votre univers se transforme dans les grandes largeurs plutôt que de survivre dans vos dimensions étriquées. Vous êtes l'apocalypse au quotidien, minute par minute, seconde par seconde, sans répit dans les millénaires des millénaires. Vous espérez vous soustraire à l'art en l'écrasant de votre indifférence mais je vous retrouverai partout où vous vous exhibez pour vous inonder de vérité dont la simple proximité vous fera déguerpir à toutes jambes autant terrifiés que stupéfiés par cet animal inconnu, cette apparition diabolique, et que, entassant vos cliques et vos claques, vous abandonniez vos croyances obscènes afin de trouver la voie d'une condition humaine autre que celle que vous dévoyez sans y prendre plaisir par l'entraînement automatique de vos manques. Vous allez comprendre ce que comprendre veut dire et cette compréhension vous tuera net, du regret de ne pas l'avoir connue plus tôt ou du vertige face à ce vide bourré à ras bords de bassesses qui n'a même pas usurpé votre identité, en tenant lieu à bon droit.

Quand on n'est pas vous on est horrifié que qui que ce soit subisse ça, être vous. Ce serait une punition exagérée si je ne me rappelais perpétuellement vos crimes que perpétuellement vous assumez car ils vont dans le sens de ce que vous appelez votre intérêt et à quoi même moi suis navré que vous vous consacriez pour un si pauvre aboutissement. L'art, c'est l'art de vous détruire tels des punching-balls bas de gamme finissant par déverser la sciure qu'ils ont à l'intérieur pour avouer ce qu'ils sont, rien, rien enrobé de quelque chose mais rien conscient d'être rien, d'être là pour prendre les coups et en définitive renvoyés à ce destin écrit dans vos gènes si de coûteuses opérations ne tâchaient de vous transformer en boomerangs. L'art de vous détruire avec la joie attachée à une action si juste, si prometteuse pour l'avenir de ce qu'on nommera enfin l'humanité, et aussi avec un amusement de chaque seconde, tel un héros de bande dessinée qui s'en sera fourré jusque-là, de la potion magique, et aura tout pouvoir d'envoyer chacun rencontrer le sort qu'il mérite. Ça vous perturbe que je sois un héros, vous essayez d'en rire de votre rire sans humour ni joie, ne reposant que sur la puissance, comme s'il était une exhibition militaire où je verrais défiler vos régiments, vos canons et toute votre dissuasion puisque vous ne comprenez pas que la proximité de n'importe quoi d'entre vous est une dissuasion mille fois plus importante et que mon ambition est de me concilier la totalité de vos mauvaises grâces. Je suis un artiste, je suis en liberté, même vos pratiques infâmes sanctifiées par vos lois scélérates ne peuvent censurer mon esprit. Vous riez mais à la sept milliardième fois les murailles tomberont et c'est moi qui aurai des raisons de rire et ne m'en priverai pas, d'autant que les raisons je les ai déjà et déjà je ne me prive pas de m'esclaffer à gorge déployée, non mais pensez un peu, et quand je dis pensez ce n'est pas à vous que je m'adresse, je ne suis pas si vain, non mais vous voilà dans votre multitude prétendue triomphante et dans laquelle il n'y a pas un cil à sauver, pas une poussière de rien, pas un pet, pas une respiration, n'est-ce pas trop drôle ? Vous voilà démasqués sans que vous l'ayez perçu car les masques sont votre réalité, car sous votre visage il n'y a rien, dans vos corps il n'y a rien, car il n'y a pas de corps en vous, pas de visage ni d'âme, il n'y a que vous et ce n'est pas reluisant, vous répétés à l'infini pour, avec toute cette matière, tâcher de fabriquer un seul humain tel qu'on n'aurait pas honte d'en présenter à des extraterrestres si jamais on avait stipendié les inspecteurs d'un guide interstellaire pour qu'ils accordent deux étoiles à votre planète et que des Martiens aient jugé utile de faire le détour avant de protester auprès de l'éditeur, atterrés.

Vous : combien a-t-il fallu de manipulations génétiques combinées à un anthropomorphisme à tout-va pour que dégueulis, mollards et merdes se voient pourvus d'espèces d'âmes ou autres attributs n'entrant pas dans les leurs, pour que des mollards se retrouvent à cracher sur d'autres mollards, des dégueulis à vomir sur d'autres dégueulis et des merdes à chier sur d'autres merdes, description du monde où vous vous étonnez que je ne fasse pas des pieds et des mains pour pénétrer. S'il fallait exprimer ce que vous êtes et n'êtes pas, faites et ne faites pas, ce qu'on voit quand on vous regarde, ce qu'on sent, le désespoir couplé au soulagement de ne pas être vous, cette joie de vous contempler comme des créatures de science-fiction inventées par un auteur suicidaire qui aurait trouvé ce moyen d'en finir pour de bon, s'il fallait en un mot vous montrer dans la restreinte étendue de votre être et l'immensité navrante de votre non-être, personne n'oserait se mettre à la tâche tant il faudrait être doué d'un mépris hors du commun pour ne pas tomber d'épuisement avant d'avoir écrit le premier mot ou écrasé la première pierre de ce culte de la nullité dont vous êtes à la fois les prêtres et les fidèles, me pourchassant comme incroyant avec les armes surgelées de l'Inquisition recuisinées à la sauce moderne. On se salit les mains et les mots et les images à vouloir vous intégrer à une œuvre d'art, vous qui poussez l'art conceptuel à son comble : plus besoin d'exposer une merde dans une galerie puisque les visiteurs sont cette œuvre sans avoir à mettre les pieds dans une galerie. Merdes, mollards et dégueulis ont conquis droit de cité bien au-delà des galeries, dans les palais et les taudis, l'ont conquis parce qu'on le leur a abandonné dans un œcuménisme enthousiaste. Vous avez dépassé l'art conceptuel, la merde est moins votre œuvre que vous n'êtes la sienne. Pour vous décrire, il ne faut pas avoir froid au nez et je suis celui-là qui est tellement loin dans sa répulsion qu'il lui faut aller au bout, exprimer cet inexprimable qui s'étend partout sûr de son horreur à laquelle personne ne peut s'opposer comme si c'était avec l'intelligence que la lâcheté faisait ici alliance. Sauf que vous ne connaissez tellement rien à l'intelligence et êtes tellement experts de la lâcheté que votre compétence et votre incompétence s'associent pour vous tromper une fois de plus – et voici que je surgis bardé d'art pour tout faire éclater à ce grand jour que vous ne pouvez pas regarder en face. Vous n'êtes que remparts renforcés d'huiles bouillantes de tous ordres pour repousser ses assauts si par extraordinaire, mue par on ne sait quelle morale exacerbée, la vérité souhaitait soudain que vous lui consacriez une nanoseconde.

Il me faut me défendre et, me défendre, c'est vous décrire, vous conchier d'exactitude. Vous exhibez votre monde sans poursuites pour attentat à la pudeur, vous êtes l'indécence privée d'excitation, comme si la sexualité vous était une pratique malcommode pour faire communiquer ceci et cela sans qu'entrent en compte plaisir, nécessité ni envie. Comme si la sexualité était une œuvre d'art et on sait ce que vous faites de l'art, rien, ce rien attaché à vos vies jusqu'au plus petit détail. Comme si le viol ne vous était ni un crime ni un fantasme mais un confort, la pratique la plus judicieuse puisque le premier être venu n'est guère différent d'un autre à examiner la collection de zéros que vous faites et dont vous êtes si conscients que rien ne vous terrorise plus que la perspective que quelqu'un vienne faire le un devant en vous laissant payer l'addition. Vous avez bien des dirigeants, des chefs de merde comme il y en a de meute, mais vous les prenez à votre image dans l'espoir exaucé que la

Terre continue à tourner losange ou trapèze, n'importe quoi qui ne soit pas rond. Vous êtes l'œuvre qu'un artiste saoul aurait fait en une seconde, après une soirée arrosée également de drogues hallucinogènes, pour faire rigoler des copains dans le même état, si ce n'est qu'il n'y avait pas de copains. Il n'y avait que lui et il se retrouve avec sa création sur les bras qui ne songe qu'à se venger, comme une statuette vaudoue piquée de mille épingles qui, au mépris de la logique, se retournerait contre qui les lui a enfoncées dans son corps de statuette dans une sorcellerie d'un nouveau genre dont impossible de se libérer. Parce que les épingles, comme la merde, les mollards et le dégueulis, sont des amies pour vous, sont votre monde. Vous êtes des apprentis sorciers ensorcelés estimant que c'est ça, être sorciers, et le prouvant par le mal que vous faites. Vous êtes des méchants de dessins animés qu'on a désanimés et qui donnent ainsi meilleur cours à leur méchanceté. Vous êtes des monstres que l'humanisation illusoire a rendus plus monstrueux, devenus les gardiens du zoo géant dans lequel vous devriez être en cage pour mon bien universel à moi. Vous êtes les spoliateurs de la vie – puisque vous n'en avez pas, il faudrait que personne n'en ait. Il faudrait que moi non plus, que je vous ressemble. Il faudrait que moi aussi je ne sois rien pour rejoindre votre troupe de fantômes vides mais que trop réels hantant un monde de pauvre fiction alors que, moi, la réalité me tend les bras.

Il faut vous balayer, comme on fait le ménage quand la poussière s'entasse, a fortiori la merde et ses acolytes, mais avec agressivité, qui fait tellement de bien contre vous. L'agressivité contre l'humiliation permanente que vous instaurez, l'absence de dialogue maquillée en dialogue, l'agressivité déguisée en bienveillance ou agressivité d'un ordre inférieur, en science, en éducation, en préconisations de tous types, en évidences sans logique. Un aspirateur à vous opposer et il suffirait de changer de sac pour en avoir fini avec vous mais vous êtes inaspirables, si gros, si lourds, si cons. Il n'y a pas de sac que vous ne surchargeriez et ne se romprait pour vous déverser à nouveau là où vous êtes déjà déversés pour un éternel retour d'autant plus éternel que vous n'êtes jamais partis et galvaudez le mot retour comme si j'avais jamais eu la chance d'être séparé de vous. Vous êtes insaisissables, forts de vos matières immondes, et vous vous précipitez sur tout ce qui est saisissable comme la merde sur le pauvre monde et jusque sur le riche parce que tout se ressemble dans cet univers qui n'en est pas un, dans cet aveuglement total dont vous avez l'espoir d'aveugler qui vous résiste, dans cette horreur que vous parez de ce qui vous semble les plus magnifiques atours pour qu'elle soit plus horrible encore, parée de mauvais goût et de mauvaise foi, comme si au moindre élément vous ajoutiez spontanément la mauvaise foi, comme si la merde était de mauvaise foi et la poussière et le courage et les particules fines ainsi que les obèses et le rouge et le bleu ainsi que le vert et le jaune et comme si les dents et les os étaient de mauvaise foi sous prétexte que les vôtres le sont, et aussi la beauté tellement intruse dans votre monde qu'on se demande de quel héritage vous tenez le mot, et les murs et les toits qui couvrent ce que vous n'avez pas honte de pratiquer au petit jour puisque le grand vous est interdit au nom des limitations qui vous font de la médiocrité un horizon sur lequel, comme tout horizon, vous ne pouvez pas mettre la main. Comme si lâcheté, connerie, laideur et saloperie ne vous suffisaient pas, il vous faut aussi la mauvaise foi. Vous êtes indescriptibles, indicibles, inexprimables et invivables, sans cesse je me retrouve confronté à l'ignoble ampleur de ma tâche.

Je suis face à votre masse infâme qui, armée de sa connerie, ne comprend rien, armée de sa lâcheté ne tente rien, armée de sa laideur n'apprécie rien et armée de sa saloperie ne respecte rien qui ne soit pas soi-même. Comme si vous n'étiez pas une erreur de la nature mais la nature même et elle la gigantesque erreur peuplée d'horribles sauvages obligeant Rousseau à refaire ses calculs. Donnez-moi le monde, donnez-moi le système solaire, que je les reconfigure. Non mais dans quoi suis-je contraint de vivre ? avec qui forcé de cohabiter ? Espèces de fiascos qui devrez accéder à une animalité décente avant de viser plus haut, ambition qui ne vous ressemble pas. Vous, on dirait des puces devenues éléphants et des éléphants devenus puces, cumulant des défauts antagonistes, éléphants se glissant en troupeaux dans mon lit pour m'assaillir de piqûres, puces de mille tonnes sabotant tout pour que cette prétendue nature ait à gratter ses membres écrasés après votre passage permanent. Vous êtes l'invraisemblance faite vulgarité et laideur, connerie et lâcheté, vous êtes le malheur chargé de recouvrir l'univers comme un roi Midas cette fois de la psychologie et tout ce à quoi on pense se transforme en malheur, tout ce qu'on voit, tout ce qu'on respire et qu'on apprécie. Vous êtes l'horreur qui a trouvé ses aises et se répand partout en demeurant solide et égale à elle-même, l'horreur florissante jouissant de sa propre conquête, de ce territoire rêvant d'un avenir meilleur soudain entraîné comme les autres dans l'inexpugnable mélasse de vos arguments et contre-arguments de merde, de vomi et de mollard. Vous êtes la pâte moisie à laquelle il faut mettre la main puis le bras et l'épaule et le corps entier jusqu'à y disparaître, dans l'humiliation d'être happé par un rien qui est quelque chose puisqu'il est dégoûtant, répugnant, immonde et j'en passe. Comme si le vide était plein de puanteurs de tous ordres, qu'il ne cessait de déborder pour inonder d'autres zones, pour rien, par jeu mais sans amusement. Vous êtes rien et son contraire qui est encore rien et son contraire cependant. Vous êtes des ennemis que j'ai honte de combattre, tellement nuls que ma seule volonté de vous voir disparaître devrait avoir dans l'instant cet effet magique mais l'instant s'étire sans résultat, voici que le temps est de votre côté comme le nombre, voici que vous ne craignez rien telle une boule de neige géante pour qui dévaler la pente en dévastant tout est une satisfaction mais pas moins de s'écraser en morceaux après avoir heurté un rocher ou en accomplissant l'essence de son destin en parvenant après un parcours impeccable là où plus bas, il n'y a pas. Vous êtes ce que vous êtes et n'êtes pas et vous persistez, impassibles de bêtise, de routine et d'apeurement. Vous les autres les autres les autres.

Qui protesterait si je génocidais la race humaine telle que vous la représentez? Les écureuils, les merlans, les bambous, l'oxyde de carbone? Il n'y aurait personne pour prendre votre défense irraisonnée que les humains à votre sauce. Vous invoqueriez que c'est inacceptable, au nom de ceci ou de cela, en fait au nom que vous ne voyez pas les choses comme ça et êtes fermement opposés à ce que ça se produise, sans argument que votre mauvaise volonté. Disparus, vous libéreriez d'un poids gigantesque et moi et l'ensemble de la planète, on entendrait jusqu'au fond de la galaxie un soupir de soulagement ouvrant sur la joie et la sérénité, comme si le paradis sur Terre avait reconquis ses droits, et je ne serais pas peu fier d'être celui qui vous aurait fait vomir la pomme pour revenir à ces temps bénis où on n'avait pas à se préoccuper d'une bande foisonnante de vautours sans ailes et de merdes à bras experts en ignominie. Si vous étiez disparus, si l'atmosphère était redevenue respirable, si on pouvait penser logique et morale sans fondre en larmes, alors ce serait comme si vous n'aviez jamais existé, ce qui est une forme de la réalité, le monde tellement meilleur qu'il n'y aurait plus place pour la rancœur. Si vous étiez exterminés jusqu'au dernier et à la dernière, sans favoritisme de sexe, de nationalité, de couleur de peau ou de position dans votre organisation, si vous étiez tous égaux comme à certains moments ça semble vous importer, eh bien oui vous le seriez dans cette mort générale, même si le but est si exaltant que la concrétisation pèche par mille aspects, ainsi que le montre la situation actuelle où vous êtes encore là à faire la pluie et le mauvais temps tandis que le monde dont je serai le maître tarde à se déployer. Mais personne ne m'empêche de rêver qu'un jour vous recevrez ce que vous méritez et ce rêve est d'une douceur si violente qu'elle ne peut qu'être le début de votre fin éternelle. L'enfer, c'est les autres et les autres, c'est vous – vous le savez mais ne le comprenez pas, occupés à paver d'enfers divers chaque millimètre carré de votre planète, à faire l'enfer en vous et hors de vous, que tout ce qui est en vous ou en sort soit infernal, et vous tellement à l'aise avec ça, tellement autres, tellement fiers d'être tous semblablement autres et nageant là-dedans comme des poissons dans la merde jouissant en prime du paysage.

Que faire après vous avoir pris en grippe ? Me calmer ? C'est au-dessus de mes pourtant formidables capacités. D'où l'extermination comme solution pas couronnée de plus de succès jusqu'à présent. Théoriquement, ma position est inexpugnable : si vous n'étiez pas là, vous n'auriez pas à subir mes assauts contre vous et vos manières d'être et de ne pas être vous. Vous êtes la merde jalousant ce qui sent meilleur qu'elle, le dégueulis en lutte contre ce qui a meilleur goût, le crachat en guerre contre ce qui se boit de meilleure soif. Ce ne sont pas quelques humiliations supplémentaires qui vont vous former un caractère dont subir et faire subir sont l'alpha et l'oméga, et impossible d'en finir par l'extermination parce que vous êtes trop nombreux, que vous vous défendez, avez l'instinct du mal, la volonté qu'il survive à tout prix puisque vous en êtes les représentants et les propagateurs, l'instinct plus que la volonté qui serait vous faire trop d'honneur, tout vous fait trop d'honneur. Vous êtes haïssables, le vous un milliard de fois plus que le moi, lequel a plutôt ses charmes en ce qui me concerne. La morale réclame votre annihilation mais, de morales, vous ne connaissez que celles de vos fables ineptes, que vous êtes les plus nombreux, les plus audibles, les plus encombrants, les plus cons et les plus lâches et ce sont des privilèges de la connerie et de la lâcheté de se faire respecter quand elles se présentent ainsi parées, puisqu'il est impossible de convaincre la première autrement que par la force et que cette force échoie à la seconde quand elle réunit l'ensemble de la population se serrant ses coudes de crétins pour éviter que le courage ne prenne le pouvoir, qui sait quand vous le récupéreriez ? Et vous vivez et vivez encore jusqu'à la milliardième génération, c'est insupportable et je devrais le supporter alors que je ne le supporte pas parce que c'est comme ça chez vous, on supporte et on supporte et celui qui ne supporte pas on s'en débarrasse parce qu'on ne peut pas le supporter. Vous suscitez la violence comme ces imbéciles excitant un chien en laisse jusqu'à ce que la laisse cède, sinon que je ne suis pas un chien et n'ai jamais supporté de laisse et que vous excitez sans le savoir à faire resplendir votre connerie et votre lâcheté comme vous en avez l'habitude depuis la naissance de l'univers en réclamant votre content de compliments, encore plus cons, encore plus lâches à travers les âges, surpris que quelqu'un surgisse vous faire grief de ce que vous avez de plus précieux.

Ça ne finira qu'avec vous, quand vous finirez pour de bon. Je ne me tairai que quand vous vous serez tus. Mais vous n'en finirez jamais avec moi, la haine me survivra comme une honte à la Kafka. Vous ne récolterez rien à avoir ma peau pour la dépecer à votre manière, à stopper le fonctionnement d'un cerveau qui vous dépasse et doit vous étonner tel un organe venu d'un autre monde, hostile qui plus est, vous qui vous flattez de la complicité de l'univers, comme si Vénus et Mars lançaient des cris de joie en imaginant que vous courez à leur rencontre. Vous voulez me faire taire en me laissant hurler dans l'espoir que mes cordes vocales aspirent à la pitié que vous n'accordez jamais que pour mieux exterminer toute résistance, comme si j'allais discuter avec vous, tel le dernier-né des iPhones avec un diplodocus hors d'âge. Puisque le caviar finit par se transformer en merde vous avez l'ambition qu'on se ressemble le temps d'un avatar, d'un étron l'autre. Pauvres cons, sales cons, déplorables cons. Même mort, je ne puerai pas comme vous. Vous ne pouvez pas vous empêcher de me prendre pour un des vôtres, un égaré à remettre dans votre horrible chemin qui part d'un précipice pour arriver dans un autre en sautant de précipice en précipice sans jamais grimper, donnant corps à cette absurdité, comme si vous étiez une perpétuelle erreur de perspective s'agrippant à la réalité comme un éclat de merde à la paroi d'une vieille chiotte. Mais rien ne nous relie que ma haine tellement justifiée qu'elle le serait moins si vous pouviez saisir le quart de la moitié du commencement de son moindre mobile. Votre détestation n'est qu'un réflexe, votre peur s'exprimant ainsi que votre rancœur, votre ennui et vos ignorance et laideur tous azimuts. Comment votre connerie et votre lâcheté ne vous étouffent pas à chaque instant, comment pouvez-vous contenir de telles masses, rabougris comme vous êtes ? Privilège de la connerie et la lâcheté d'ainsi s'adapter au nid qui les abrite sans jamais avoir à activer le mode pause, sur votre empire elles ne se couchent jamais, toujours en éveil, toujours en action, avec leurs effroyables efficacité et inefficacité. Vous haïr signifie être dans la vraie vie et non dans vos pis-aller dont vous faites des après tout et des somme toute, des vu les conditions, vu les circonstances.

Les conditions et les circonstances n'ont rien à voir avec vous si on n'est pas vous, si on a la chance et le talent d'avoir été épargné, de ne pas être tombé dans cette grande marmite de vous, cette énorme marmite à merde où vous vous ébattez avec un confort que vous appelez chance et talent. La chance d'adorer la merde et le talent d'en être une.

Un ouragan d'une ampleur imaginaire, un déluge de vent, ça souffle de partout, vous vous réfugiez dans mon arche car j'en aurais une et vous changeriez de ton, si vous étiez forcés de voir les choses autrement, c'est-à-dire les voir, les choses et les êtres, et l'arche bringuebalée au gré des vents, pas besoin d'eau pour que vous ayez le mal de mer, on économiserait les océans, et vous vomiriez par-dessus bord ce que vous êtes et l'arche ainsi lestée s'élèverait d'autant et vous seriez disponibles pour la vie. Vous y gagneriez à être exterminés pour renaître enclins à de justes satisfactions, ou ne pas ressusciter du tout, ce qui a ses bénéfices quand ç'aura été vous qu'on était. Si vous preniez conscience de vous, si tout à coup ça vous sautait aux yeux, vous, vos horreurs et vos nullités. Si vous aussi, soudain, vous n'aviez d'autres priorités qu'en finir avec ce que vous êtes dans l'espoir que ça devienne ce que vous étiez. Mais si cet extraordinaire-là survenait, jamais vous ne pourriez le réaliser, comment cesser d'être vous quand on est vous, c'est-à-dire rien, incapables d'intelligence et de courage. Si vous pouviez cesser d'être vous vous ne l'auriez jamais été, ce n'est pas en bricolant deux trois remords que vous allez en finir avec une fatalité déchaînée qui s'est tant acharnée sur vous qu'elle doit se taper sur les cuisses en rigolant de son succès, une perverse pour avoir eu l'idée d'un tel truc et l'avoir mené à si bon port qu'elle-même n'avait pas rêvé navigation à ce point fructueuse. Mais que le vent vous emporte, tout simplement. Qu'il soit l'immense joueur de flûte de Hamelin, vous entraîne sans que vous ayez à aimer sa musique, un beau jour pfff, vous voilà dans l'espace, en orbite loin de chez moi, vers une nouvelle planète faite de connerie, de lâcheté, de laideur et de bassesse où vous serez accueillis comme des sauveurs, il y avait pénurie de sous-merdes et voici des réserves inépuisables, alléluia. Si un jour c'était vous que vous voyiez dans le miroir et que l'atterrement vous assiège : c'est ça que vous êtes et au lieu de vous cloîtrer sous terre comme des taupes claustrophobes vous promenez vos sales culs partout, si un jour vous aviez honte de ne jamais avoir eu plus honte que ça, si enfin les mobiles d'en être inondés vous y sautaient, à vos sales gueules, et que la honte vous emportait au vent mauvais sans billet de retour. Si un jour justice se faisait, j'aimerais voir votre terreur, votre fourmillement de terreur, une planète en fuite, et le vent soufflant là-dessus, inutile de se préoccuper de vous pour l'éternité. Si j'étais un ogre ou le titan que je suis à ma manière, qu'il suffise que je souffle et l'ouragan serait là, que j'aie l'appétit pour vous dévorer et le système digestif adapté, si j'étais tel que ça ne me réclame aucun effort d'en finir avec les monstres que vous êtes, cette armée de monstres en déroute dès que j'aurais entrepris de la combattre, si le monde était tel que je m'échine à ce qu'il soit.

Votre idée si vous en aviez : que je m'épuise. Qu'à percer ce que vous êtes c'est de compassion que je sois saisi. Mais que vous soyez à plaindre est plus une raison de vous supprimer que de vous sauvegarder comme patrimoine d'une humanité si affreuse que mieux vaut en effacer toute mémoire. Votre ambition : que je n'en puisse tellement plus de vous que je vous abandonne à votre sort, las de vivre parmi les immondices dans une guerre déprimante. Qu'il y ait pénurie de vocabulaire, que vous fassiez votre miel de chaque insulte, les acceptiez sans rétorquer, sans volonté de vous transformer, ça vous êtes et ça vous restez, avec le pouvoir d'attraper qui fuit cet affreux ça pour le réenfouir dans votre merde communautaire où l'odeur de chacun de vous se fond si harmonieusement dans celle des autres qu'on ne la distingue plus. Votre résistance par le nombre, par le temps, qu'à la longue je cède face à cette multitude éternelle, infini au carré, rentre dans le rang désespéré, car je ne me bats pas pour me battre mais pour gagner, pas pour signifier mon opposition à ce que vous êtes et représentez mais pour que vous ne le soyez plus, que de telles représentations soient interdites dans une censure bienheureuse en route vers la liberté ou le simple présentable, le non-honteux, le dégoût devenant une sensation marginale et non le fondement d'un univers vôtre. Qu'il n'y ait plus rien à vous cracher au visage tant vous avalez les mollards de bon appétit, les lapez par terre s'ils manquent leur cible première, tellement vous les recyclez dans vos corps sordides pour ne rien en laisser perdre telle une nourriture de gourmet, des glaviots délicieux, roboratifs, à manger et à boire d'un même mouvement, si doux sous la langue et les dents et pour vos estomacs si habitués à les digérer avec un plaisir flattant sa paresse. Laisser dire, votre stratégie inconsciente puisque vous êtes aussi incapables de stratégie que de conscience, ce ne sont que des mots, des phrases, comme si j'étais le con à penser qu'il y avait une limite aux avanies que vous pouvez entendre quand il n'y en a aucune à celles que vous pouvez subir et faire subir, cet illimité infâme déclencheur de mon ouragan lexicographique. Laisser dire sans disqualifier par la folie ou je ne sais quoi, admettant que c'est la vérité mais tant pis, vous avez les oreilles solides, tant que ce n'est pas à coups de bombes nucléaires qu'on vous enseigne la vérité, tant que vous n'avez pas à vous soumettre à elle, seul maître que vous refusez dans votre soumission infinie. Tant que cette vérité n'est pas plus terrifiante que je ne le suis à vos yeux qui ne comprennent rien pas plus que votre cerveau inexistant ne voit quoi que ce soit, tant que je prétends l'incarner avec des sons qui ne sont pas ceux des canons, simplement ma pauvre voix censée à la longue se briser contre vos oreilles d'acier, comme si elles n'étaient pas reliées au reste de votre corps, elles-mêmes puits sans fond dans lesquels les mots et les phrases s'accumulent sans former sens, dans votre connerie souveraine qui vous rend cette tâche aisée. Laisser dire pour que le langage s'use et casse, espèce de menacés perpétuels reclus dans votre prudence de lâches et votre imprudence de cons.

Vous prenez des mots pour des aveux. Quelle idée vous faites-vous d'un crime pour le mettre sur le même plan que des mots, vous qui n'attachez aucune importance aux mots même quand vous les prononcez ? Pour qu'ils soient des armes, il faudrait que vous soyez capables de les comprendre, les utiliser autrement que contre moi dans un retour à l'expéditeur permanent, punching-balls élevés au rang de boomerangs ainsi qu'il a été dit. Vous êtes des aveux grandeur nature dont chaque geste et chaque seconde méritent de figurer au casier judiciaire de l'humanité quand ce nom ne sera pas une insulte à la hauteur de celles que vous supportez sans broncher dans votre inculture morale où dignité et indignité, liberté et tyrannie sont tous synonymes, les mots n'ayant d'autre sens que celui que vous leur donnez quand c'est par la discussion ou le procès que vous mettez un être hors d'état de ne pas nuire. Vous êtes des aveux paradant devant le tribunal car vous êtes la police et la justice et ne risquez rien, faisant les lois qu'au demeurant vous n'appliquez pas. Vous êtes des aveux solidaires accrochés les uns aux autres pour piétiner la justice de tout le poids de vos horreurs physique et morale afin qu'il n'y ait plus personne pour changer quoi que ce soit. Des aveux impudents, sûrs de votre force vous permettant de cracher et vomir et déféquer sur qui refuse de rejoindre cet ignoble groupe, n'y a pas sa place. Qui ferait des pieds et des mains que je ne fais pas ne parviendrait pas à réunir tant d'ignominie en un simple corps et n'accéderait donc pas à cette aristocratie ou ce peuple de la merde que vous représentez indifféremment selon l'humeur de votre expression. Vous êtes des aveux de chair et d'os, mais quelle chair et quels os, vous êtes l'inquisition sur pattes, torture permanente qui ne dit pas son nom non par pudeur mais par incapacité à articuler de tels mots, ne comprenant pas ce qu'est la torture qu'elle inflige tant elle ignore que c'est une torture qu'elle subit et prend pour le summum de sa réussite, quelle pire torture qu'être vous. Vous êtes des aveux inaudibles, c'est ainsi que vos manques de courage et d'intelligence se marient le mieux, dans cette acmé ridicule et infâme de l'inutilité.

Vous êtes rien, rien triomphant, arrogant et hargneux, rien naissant, rien vieillissant, pérorant, rien rienant si on invente pour vous ce verbe qui rend si bien compte de votre activité, rien s'exerçant à être rien avec un doigté que vous ne manifestez en aucune autre situation. Inutile de vous exercer, être rien et le diffuser vous est inné. Vous ne voulez pas mon malheur par sadisme mais par soulagement, preuve que c'est mieux d'être vous, plus heureux ou commode, tel est l'aveu entre tous que vous attendez : il y aurait un profit à être vous. Entre la souffrance et le rien vous choisissez le rien sans avoir à choisir puisque le rien vous colle à la peau, il est votre peau autant que vos organes internes. Entre la souffrance et la mort vous choisissez la mort puisque la mort vous a choisis dès la première seconde de vos conceptions si ce mot n'outrepasse pas ce qu'il est censé représenter, elle vous accompagne à chaque instant et chaque lieu de vos non-vies, elle que vous protégez en combattant quiconque veut la combattre, vous la choyez et la caressez sans qu'elle crie au viol quand vous lui lancez votre amour comme des confettis à un mariage, pour qu'ils se prennent dans les cheveux, retombent par terre et soient piétinés, qu'il y ait à balayer derrière, preuve que vous avez laissé une trace. Déranger, perturber, emmerder, c'est ainsi que s'exprime votre activité de rien qui est votre gloire terrestre. De même qu'aux hurlements hystériques d'un enfant digne de vous ou à ceux d'un torturé entre vos mains de bourreaux apprenant sur le tas, je ne m'y habitue pas, vous ne faites que m'insupporter davantage. Tel un cri épouvantable, vous êtes irrépressibles. Vous vous étalez, vous répandez comme les matières infâmes que vous êtes. Il vous en faut toujours plus, toujours moins, moins de dignité et plus de conquête, plus de laideur et cependant moins de vérité. Vous êtes rien sans ses avantages ni ses qualités, rien mal fait, rien vicié, vicieux.

Vous mettez la main à la pâte pour vous assurer que mon malheur est bien visible à vos yeux à tous, les congénères, que le signe de Caïn est sur moi, je ne suis pas mûr pour la réinsertion, je ne veux pas de vous plus que vous ne voulez de moi. La réinsertion : comme si vous aviez le pouvoir de m'intégrer dans une race sur laquelle j'ai craché dès que la salive m'a été donnée, sur laquelle j'ai vomi et déféqué dès que j'ai eu la matière organique et intellectuelle pour le faire, une race à laquelle rien ne me relie que la haine que j'ai pour elle et celle qu'elle a pour moi, une race comme une planète peuplée de milliards de riens s'activant dans tous les sens pour le triomphe de rien, pour que les plantes ne poussent plus, que les animaux disparaissent et l'air pur et toute l'atmosphère, une race de riens mais proliférante, qui ne veut rien savoir officiellement du malheur parce qu'alors elle tomberait tout entière dedans. Qui ne veut pas qu'on lui en parle, le malheur le malheur, parce qu'alors sa contamination serait instantanée. Le malheur que vous protégez comme un trésor parce que vous n'avez pas osé lui donner son nom mais si on vous le met dans la tête ou l'estomac vous ne pourrez pas vous défendre de cette injection de vérité et ce sera sauve-qui-peut général, une prétendue civilisation à vau-l'eau qui n'avait de civilisation que la prétention puisque c'était la barbarie institutionnalisée quoique mal, une barbarie reposant sur la connerie et la lâcheté et insultant par ce galvaudage jusqu'aux barbares de l'Antiquité. Le malheur qui vous terrifie comme l'injure suprême. Vous n'avez aucun problème à le vivre et le revivre encore et encore le sourire aux lèvres, l'appelant autrement, mais si on vous glisse dans les oreilles que c'est le malheur, si on introduit cette connaissance dans votre corps, si vous comprenez par je ne sais quel organe que le malheur est en vous depuis toujours, c'est lui qui vous mène, c'est à un masochisme sans plaisir que vous avez dévoué ce que vous appelez vos vies, alors pitié, aucune torture assez cruelle pour faire taire le messager d'un tel message, lui faire regretter de n'avoir pas compris avant de s'exprimer qu'il ne savait rien du malheur s'il ne connaissait pas d'avance celui qui allait lui tomber dessus. Et s'il était conscient de ce qu'il allait subir pour dire ce qu'il dit, le message en est encore plus disqualifié tant il faut être bête pour connaître le malheur et ne rien trouver de plus urgent que de se précipiter tête baissée dans le plus grand qui existe. Si ce n'est que c'est ce que vous faites depuis toujours, vous précipiter dans le malheur avec toute l'énergie que vous êtes fichus de rassembler, tout l'entrain, et quand il ne peut manquer de s'avérer même pour vous que c'est le malheur à la poursuite de quoi vous êtes lancés si avidement, vous arguez et que vous êtes incapables d'atteindre quoi que ce soit, et que vous êtes les maîtres du vocabulaire de sorte que si le malheur prend le pseudonyme de bonheur personne ne viendra manifester contre ce coup de force lexicographique et vos pseudo-existences pourront continuer à se dérouler dans le vide général qui vous convient si bien. Vous êtes quoique ignorant l'amour comme des amoureux dont rien ne dessille les imaginations, de vrais cons, quoi, ainsi qu'on ne peut décemment pas me reprocher de ne pas vous l'avoir toujours dit mais l'indécence est votre manière d'être et ne pas être et vous me reprocherez aussi bien de l'avoir déjà fait.

Tout fait votre affaire puisque votre affaire est d'être vous et qu'il est impossible d'y échapper, à moins d'être moi et alors c'est moi qui ne vous échappe pas mais je vous échappe comme l'eau entre les doigts, comme le courage parmi la lâcheté et l'intelligence entre les mains de la connerie qui ne sait que faire de sa proie dont elle niait l'existence et se retrouve bien encombrée de l'avoir démontrée. Mon malheur de ne pas être vous qui est une joie, quelle horreur si j'étais vous, mais quelle horreur de ne pas être vous quand vous ne pouvez faire autrement que vous en rendre compte sans le support d'aucune réflexion, ce serait facile de vous duper, mais comme les chiens en rut sont attirés par les chiennes et respectivement, comme si vous étiez dans un rut permanent et sans excitation qui vous mène de semblables en semblables et vous éloigne de qui n'est pas à même de satisfaire vos maigres appétits de répétition dépassant ceux de reproduction sans avoir l'intensité qu'il est d'usage de prêter à l'instinct sexuel que vous dégradez en vous mêlant de sexualité avec une perversité ordinaire qui est à la fois la honte de l'ordinaire et de la perversité. Quel malheur de devoir vous prendre en compte, vous et votre bassesse, vous et votre méchanceté, vous et votre goût de la colonisation perpétuelle si on peut appeler goût une nécessité surgie on ne sait d'où tant l'idée de nécessité vous est étrangère, votre seule nécessité étant celle de disparaître, de rejoindre le rien géant auquel, riens minuscules, vous aspirez qu'il vous aspire de toute la force de son rien, comme si c'était le rien l'irrépressible en vous, le vide. Mon malheur, c'est que vous êtes solides à votre manière, comme n'importe quels riens, vous êtes l'inexistence tenace et c'est une abomination.

M'adapter, votre mot parfois. Si j'étais si malin comme Nietzsche, une telle fatalité, je devrais avoir le courage et l'intelligence de m'adapter, ou la lâcheté et la connerie de le faire, les causes indépendantes des conséquences jusqu'à ce que vous me jetiez les causes à la gueule. Une goutte de courage ou d'intelligence dans vos lâcheté et connerie et tous vos océans seraient corrompus, une goutte plus que vous ne pouvez diluer. Mais comment faire la route vers le vide si on n'est pas vide de nature ? Il faut être vous pour s'adapter à vous et alors ce n'est pas s'adapter. M'adapter à rien, avoir l'intelligence d'abandonner toute intelligence, le courage d'abandonner tout courage, la grandeur d'âme d'abandonner toute grandeur d'âme : comment m'y prendre si je le souhaitais que je ne souhaite pas ? Comment m'y prendre pour le souhaiter ? Comment faire pour être con quand on ne l'est pas, lâche quand on ne l'est pas ? Comment faire pour être vous quand on ne l'est pas et qu'il n'y a pas but plus dégradant ? Comment m'améliorer en perdant mes qualités pour gagner vos défauts ? Comment tout sacrifier au pseudo-bonheur que serait d'être débarrassé du malheur permanent que vous infligez sans être sûr que vous y renonceriez ? Comment vouloir ce que je ne veux pas en étant ce que je ne suis pas dans un espoir que je n'ai pas ? Comment changer d'espoir, d'être et de volonté en les conservant car à quoi servirait de m'adapter si, à la fin, ce n'était plus moi qui étais adapté mais quelqu'un ou quelque chose avec qui ou quoi je n'ai plus de lien ? Si à moi aussi n'était proposé que le choix entre le malheur et rien et que soudain je sois forcé de choisir rien parce qu'en fait ce n'était pas un choix. Si mon intelligence ou mon courage ou vous m'aviez rendu tellement malheureux que rien soit un havre, que j'y aspire, à être vous. Que je renonce à moi pour mon soulagement, assuré qu'aucune honte ni aucun remords ne troubleront ce nouvel avatar dans votre univers qui méconnaît leur existence. Si même je n'étais tenté qu'une nanoseconde, si l'idée me traversait l'esprit que j'ai encore, quel triomphe pour vous. Et si contradictoirement c'était trop tard ?

Si vous étiez capables de comprendre, même vous seriez émus. Si j'étais capable de pleurer, assez intelligent et courageux pour raconter ma vie sans me la raconter, si les inversions lexicographiques et autres incohérences n'étaient pas uniquement votre affaire. S'il y avait aussi un courage ou une intelligence à s'y faire, à cette planète et ses habitants. S'il fallait être tolérant envers la race humaine et sa condition malgré votre exemple. Si j'étais capable de pleurer sans me plaindre, juste en constatant ma situation. Si j'avais ces intelligence et courage-là qu'on peut aussi bien dire connerie et lâcheté, ça ne tient qu'à moi. Si je persistais à vous les offrir, mon intelligence et mon courage que vous ne voulez pas. Si j'avais la générosité de pleurer en nous contemplant, ma vie et moi. Si je laissais entrer les intrus au nom de la solidarité, métissant ma haine si pure d'impuretés. Si dans mon intelligence et mon courage j'avais l'intelligence et le courage, ou la connerie et la lâcheté, d'être et de ne pas être moi simultanément, que moi se polissait ou s'érodait ou se solidifiait les années passant et que ces modifications méritaient d'être incorporées, les années passant ou les jours ou les secondes. Si peu importait intelligence et courage, connerie et lâcheté. Parce que peu importe, j'ai le courage et l'intelligence de l'admettre. Si j'avais la générosité infinie de jeter aux chiens une part de ma haine, pour qu'amputée elle soit moins légère à porter. Si j'avais la générosité infinie de me conserver une part de mon mépris, faisant un pas vers vous. Si la fatigue devenait une part de ma vérité, si elle était une clairvoyance, un but, accessible qu'après bien de l'intelligence et du courage et bien de la lâcheté et de la connerie, la bonne vraie fatigue qui vous en délivre, de la lâcheté et de la connerie et de l'intelligence et du courage. Si à la fin il fallait accepter la fin même si ce n'est pas la vôtre. Si on pouvait s'être trompé, ça revient au même, trompé sans cesse et encore à cet instant, la fatigue elle-même pouvant vous trahir, il y a de la ressource dans l'épuisement. S'il fallait aussi expliquer la connerie à l'intelligence et la lâcheté au courage, si personne ni moi n'y comprenait rien, rien la définition suprême. Si le plus courageux et le plus intelligent était de dormir, ou le plus lâche et le plus con, mais qu'il fallait dormir chaque nuit. Si vous aviez votre mot à dire même si ce n'est pas votre truc, que j'aie à me taire qui n'est pas le mien. Si les choses se complexifiaient, simplifiant tout. Si vous ne voyiez pas que je pleure quand mes sanglots ne coulent pas en torrent. Parce que vous êtes cons et lâches jusqu'au fond des yeux.

Vous attendez qu'au bout du compte je tombe dans votre escarcelle. Vous êtes incapables de comprendre que je ne peux pas m'en empêcher, d'être intelligent et courageux, car la vraie vie m'attire, car je suis dans l'orbite de la vérité, son champ gravitationnel, de sorte que le mensonge m'aurait séduit que je n'aurais pas su le rejoindre, quelque invraisemblable qu'il opère une séduction avec vous comme mannequins. Vous êtes un ennemi de chair et d'os, de temps et d'espace, un fourmillement de connerie et lâcheté qui ne dort jamais, toujours prêts à me grignoter pour assouvir votre insatiable nullité. Vous vous relayez tandis que personne ne m'aide à tenir le flambeau et vous observez qui vacillera en premier de sa flamme ou de moi. Si je faisais une ne serait-ce que courte sieste, ma haine et moi serions séparés car, elle, jamais l'envie de se reposer ne la gagne, sa volonté est de toujours resplendir contre vous, se nourrir de vous d'un tel appétit qu'elle n'en laissera rien perdre dans l'assurance qu'aucune satiété ne la gagnera, la haine de vous si naturelle et si logique, si énergisante. La haine de vous et de votre condition et de votre pouvoir et de ce que vous faites de l'ensemble. La haine de vous que vous maquillez en fatalité, en n'y pensons pas, en à quoi ça sert d'y penser? à quoi il n'y a en effet rien à rétorquer quand on est vous et la pensée un mirage n'abordant jamais vos rivages. La haine de vous usante, cependant, à ne pas vous modifier d'un iota, à vous être inaccessible aussi clairement qu'elle soit exprimée, qui se brise contre votre connerie et votre lâcheté comme une fourmi sous les pattes d'un éléphant, ce n'est pas ce que je veux dire, cette haine contre laquelle vous ne vous brisez pas au premier assaut comme si la fatalité était dans votre camp, surpassant toute éthique et toute logique. La haine de vous, ouvrage à mille fois remettre sur le métier sans qu'elle vous fasse remuer un cil, telle la fourmi évoquée à tort et cependant à raison il y a un instant. La haine de vous qui est la justice et la clairvoyance et la solution et que pourtant vous privez de tout effet, qui ne sort pas du champ infini de votre imperception.

Désormais ma haine sera parmi vous quoi que vous fassiez. Elle enfantera d'autres haines de faible envergure à l'origine mais qui trouveront de quoi grandir, facile dans votre environnement, et finiront par se constituer en armée de haines vous assiégeant où que vous vous trouviez sur cette planète rendue à vos dimensions ridicules. La haine en gros et la haine en détail, celle qui s'attaquera à vous tout entiers et celles qui s'en prendront à chaque élément de vous sachant qu'il n'y a rien à sauver, pas un sentiment, pas une cellule, pas une sensation ni un atome de vous, comme si était contaminé pour les générations des générations ce que vous avez approché ou prétendu éduquer, ce qui a été en contact avec ces sinistres contre-exemples que vous représentez, comme s'il fallait haïr même l'horreur que vous suscitez quand elle n'est que fuites et hurlements ou a fortiori résignation à prendre en compte cette nullité universelle pour reconstruire une planète où elle serait réduite par une invention scientifico-magique telle qu'en regorgent *Les Aventures de Spirou*. Ma haine à moi devenue le modèle qui essaimera une infinité de petites haines discrètes qui prendront de l'assurance car on ne peut pas lui retirer ça, à la haine de vous, elle ne manque pas de quoi s'alimenter. Ma haine à moi si magnifique que vous et vos connerie et lâcheté lui susciteront de nouveaux thuriféraires dont l'enthousiasme augmentera au fil de vos démonstrations involontaires et l'enthousiasme véritable vous est si étranger qu'il en créera un à lui seul, ce n'est pas imaginable autrement même si je suis capable de tout imaginer depuis que je vous ai connus. Ma haine qui est un enthousiasme talentueux, imaginatif et réel, un animal devenant plus humain au sens le moins méprisable à chaque respiration, chaque apparition. Ma haine qui est une merveille, que vous ne pourrez pas disqualifier par je ne sais quelle folie ou affection de je ne sais quelles bronches ou cellules en moi. Ma haine qui ne m'a pas été donnée. Contre l'indifférence qui vous est tout autant due, je l'ai bâtie de toute mon intelligence et tout mon courage, de toute ma vérité et mon intégrité, pour l'amélioration d'une planète d'où vous aurez été désintégrés. Elle est moi et mon œuvre pour les siècles des siècles, ma haine généreuse et solidaire. C'est pour vous que je vous hais, pour d'autres vous.

Achevé d'imprimer en septembre 2021
par CPI Firmin-Didot
N° d'éditeur : 2772 - N° d'édition : 399806
N° d'imprimeur : 165862
Dépôt légal : octobre 2021
Imprimé en France